카르
얀

Karyarn

카르얀

BBULMEDIA FANTASY STORY

Karyarn

2

성장

흑묘 퓨전 판타지 소설

뿔미디어

CONTENTS

제1장

외면

에녹 K 베네딕트 공작은 급한 일을 깜빡 잊었다는 말을 남기고 곧장 저택으로 돌아왔다.

공작과의 만남을 기대하고 있던 아이들은 크게 실망하였다.

담벼락 밖에서 구경을 하던 영지민들도 공작의 갑작스런 태도 변화에 영문을 몰라 어리둥절해 했다. 그것은 총관과 기사들도 마찬가지였다.

"공작님! 무슨 일이십니까?"

공작이 카르얀의 펜던트에 관심을 보이는 모습을 바로 옆에서 지켜본 총관은 머리가 혼란스러웠다.

'뭐지? 그 펜던트가 대체 뭐기에…….'

아무리 추측을 해 보려 해도 짐작조차 되지 않았다.

집무실로 돌아온 공작은 기사들을 물리고 책상 의자에 앉아 팔짱을 끼고 심각한 얼굴로 눈을 감았다.

총관은 그런 공작의 앞에 서서 그의 입이 열리기를 계속 기다릴 뿐이었다.

공작은 턱을 매만지기도 하고 손가락으로 책상을 두드리기도 하며 무언가를 골똘히 생각하는 모습이었다.

심상찮은 공작의 안색을 보며 총관은 궁금증에 속이 터져 버릴 지경이었다.

오랜 기다림 끝에 공작이 긴 한숨을 내쉬었다. 그러더니 종이와 펜을 꺼내 난데없이 그림을 그리기 시작했다.

총관은 종이 속에서 형체를 갖춰 가는 물건이 좀 전에 본 그 펜던트라는 사실을 깨달았다. 이내 펜던트를 완성시킨 공작은 총관에게 말했다.

"암흑기사단장을 불러 오게."

영지마다 일반 기사들을 제외한 쉐도우 나이트라는 특수한 기사들을 보유하고 있었다. 그들은 대외적으로 나서지 않고 암중에서 호위나 정보 수집 혹은 때에 따라 암살 등의 일들을 처리하는 자들이었다.

베네딕트 공작 역시 쉐도우 나이트 부대를 보유하고 있었는데, 그것이 바로 암흑기사단이었다.

잠시 후, 저택 주방장으로 신분을 위장하고 있는 암흑기사단장이 집무실로 불러왔다.

"공작님, 오늘 식사는 고아원에서 하신다고……."

굽신거리며 공작의 눈치를 살피는 그였지만, 그것이 진짜 모습이 아님을 공작과 총관은 알고 있었다.

"일정이 바뀌었다."

"그러십니까? 그럼 식사를 만들어 올리겠습니다. 메뉴는……."

말을 흐리는 그에게 공작은 자신이 그린 그림을 휙 던져 주었다.

단장은 자연스럽게 그것을 받아 들고 그림을 살펴보았다.

공작이 말했다.

"맛보고 싶은 요리가 있어 불렀다. 시간이 얼마가 걸리든 좋다. 설령 몇 년이 걸리더라도 괜찮으니 아주 철저히 세밀하게 요리해라."

"아이고, 이거 본 적이 없는 요리로군요. 하지만 꼭 레시피를 찾아내 진미를 맛보게 해 드리겠습니다."

그의 품안으로 들어간 종이에는 펜던트 그림과 함께, 카르얀이라는 이름 하나가 적혀 있었다.

카르얀은 공작이 떠난 뒤, 아이들과 함께 식사를 하고 있었다.

식당의 분위기는 매우 우울했다.

공작을 만난다고 요 며칠 빨래와 대청소를 열심히 했는데, 공작은 자신을 아버지라 여기고 함께 놀자며 말을 툭 던져 놓고는 갑자기 떠나 버렸다.

그것이 몇몇 아이들에게 옛날의 안 좋은 기억을 떠올리게 했다. 꼭 고아원에 자신을 두고 홀쩍 떠나던 아버지의 뒷모습 같았기에……

"아버지는 무슨… 하여튼 어른들은 다 똑같다니까……"

한 아이가 말했다.

그 말을 시작으로 아이들은 경쟁이라도 하듯 불평의 소리들을 늘어놓았다.

이것 역시 일종의 배신이다. 아이들의 기대심을 완전히 짓밟았으니 말이다.

보다 못한 카르얀이 외쳤다.

"다들 그만! 급한 일이 있다잖아. 언젠가 다시 찾아오겠지."

그러나 아이들은 쉽사리 수그러지지 않았다.

"우리 엄마랑 아빠도 언젠가 오겠다고 해 놓고는 5년 동안 안 왔는걸!"

"맞아! 공작님도 안 올 거야! 우리가 마음에 안 들어서 놀기 싫으신 거니까!"

"청, 청소도 열심히 하고! 옷도 다 빨아 입었는데… 그래도 더러웠나 봐……."

카르얀도 머릿속이 복잡했기에 아이들을 계속 달래 줄 여유가 없었다.

"…에휴, 일단 밥이나 먹어! 훈트가 오늘을 위해 열심히 연습해서 만든 요리잖아! 맛있지?!"

아이들은 꾸역꾸역 음식을 입에 넣으며 고개를 끄덕였다.

평소보다 확실히 맛있었다. 훈트 필생의 역작이라 부를 만큼, 간이라는 게 되어 있었다. 물론 썩 훌륭하진 않았지만.

카르얀은 자신도 앉아 다시 음식을 입에 가져갔다. 빵을 입속에 넣고 끊임없이 곱씹으며 공작과 만났을 때의 상황을 머릿속에 그려 보았다.

펜던트를 보고 놀라던 공작, 안색이 변해 갑자기 돌아가겠다던 그 광경.

뭘까… 뭘 알고 있는 걸까.

가만히 손을 올려 옷 위로 펜던트를 만져 보았다.

일견하기에도 꽤 귀해 보이는 물건이라, 몸에서 떼어 놓은 적이 없는 물건이었다. 이것은 어머니가 자신에게 남긴 마지막 흔적이다. 의미가 얼마나 깊은지는 따로 말할 필요도 없다.

'공작은 이 펜던트에 대해 아는 눈치였다. 혹시… 그가 내 아버지인 걸까?

카르얀은 이내 고개를 저었다.

비약이 너무 심하다.

확실한 것은 아무 것도 없다.

그가 잘못 보고 오해를 했을 가능성도 충분히 존재한다.

식사를 하는 내내 고민을 거듭하던 카르얀은 의혹을 털어 버리기로 했다.

'알게 될 일이라면 알게 되겠지. 아버지가 누구인지, 어머니가 누구였는지, 또 내가 어떤 존재인지는 중요한 게 아니다. 난 나일 뿐이야. 한때 악군명으로 살았던, 카르얀일 뿐이다. 나란 존재는 내가 만들어가는 거야.'

카르얀은 흔들리던 마음을 꽉 붙잡았다.

살던 대로 살면 된다.

그게 나니까.

별로 아버지를 찾고 싶은 것도 아니고 이미 돌아가신 어머니의 과거를 캐고 싶은 것도 아니다.

강해지고 싶을 뿐이다.

큰 나무가 되어 아이들과 함께 세상을 자유롭게 살아가고 싶을 뿐이다.

"밥 다 먹었냐!"

카르얀은 식사를 마치고 식당에 남아 있는 아이들에게 소리쳐 물었다.

아이들은 기운 빠진 얼굴로 고개를 끄덕거렸다.

"그럼 준비하고 10분 뒤에 운동장으로 집합!"

"…어? 왜? 공작님은 가셨잖아."

한 아이가 멍하니 말했다.

카르얀의 호통이 떨어졌다.

"오늘도 수련해야지! 게으름 부려서 언제 강해질 거야! 우리는 고아다! 잊지 마! 우리들 스스로 강해져야 살아갈 수 있어! 세상이 어떻게 변하든, 세상에 어떤 일이 생기든! 우리는 계속 강해져야 해!"

아이들은 서둘러 식판을 정리하고 생활관으로 달려가 목검을 집어 들었다.

정확히 10분 후, 아이들은 운동장에 집결했다.

카르얀은 풀죽은 아이들에게 힘을 내기 싫어도 힘을 낼 수밖에 없는, 특급 지옥훈련을 선사했다.

"으아악! 더 휘둘렀다가는 팔이 떨어질 거 같아! 대장!"

"그건 네 생각이고! 내가 보기엔 멀쩡해! 백 번 추가!"

"대장! 다, 다리에 감각이……."

"있어! 기마 자세 풀지 마! 죽는다!"

"허억! 허어억! 흐에엑! 대장! 힘, 힘들어… 그, 그만 뛰면 안 될까?"

"그럼 뛰지 말고 달려! 세 바퀴 추가!"

목검을 휘두르는 아이들도 기마 자세를 취하고 있는 아이들도 운동장을 뛰는 아이들도 이미 아까 전의 우울함은 까맣게 잊어버린 뒤였다.

폭풍처럼 몰아치던 잔혹한 수련의 바람이 그쳐갈 즈음, 아이린이 상기된 얼굴로 고아원에 나타났다.

운동장에 쓰러져 숨을 헐떡이고 있는 아이들을 지나쳐 한달음에 달려간 그녀는 카르얀의 앞에서 날카롭게 소리를 질렀다.

"어떻게 된 거야!"

카르얀은 아무렇지도 않게 반문했다.

"뭐가 말입니까?"

아이린은 속이 터진다는 듯이 말을 이었다.

"아버지가 그냥 가셨다며! 무슨 실수를 한 거냐고!"

"아무 것도 안 했어요."

"뭐? 그런데 아버지가 왜 그냥 가?"

"깜빡 잊은 일이 있으시다던데요."

"그럴 리가……."

아이린은 믿기 힘들었다.

총관은 깐깐할 정도로 일을 빈틈없이 처리하는 사람이다. 그런 그가 아버지의 스케줄을 제대로 관리 못했을 리가 없잖은가. 무슨 사연이 있을 것이다.

그녀는 카르얀을 닦달해 봐야 소용없다는 사실을 깨달았다.

"괜찮아? 뭔가… 당하거나 하진 않았고?"

"전혀요."

아버지가 그냥 갔다는 소식을 듣고 그녀는 카르얀이나 아이들이 큰 실수를 한 게 아닐까하고 생각했다. 그래서 그들의 안위가 걱정되어 달려왔는데, 그의 말마따나 멀쩡해 보인다.

아이들이 반쯤 죽어 가고 있긴 하나, 이건 카르얀이 벌인 짓이니 자신이 상관할 바가 아니었다.

곰곰이 생각하던 그녀는 정말 아무 일도 없었던 건가하고 고개를 갸웃거렸다.

"…아버지가 이상한 말이라든가, 그런 것도 하지 않았고?"

"글쎄요. 알고 싶으세요?"

카르얀은 웃었다.

그 묘한 미소에 아이린은 그럼 그렇지 하고 덥석 미끼를 물었다.

"뭐야! 빨리 말해 봐!"

"펜던트 얘기를 하시던데요."

"…응?"

아이린의 시선이 자연스럽게 카르얀의 가슴께로 향했다.

예전에 한 번 들은 적이 있었다.

어머님이 돌아가시면서 남긴 단 하나의 유품, 그녀는 카르얀이 딱 한 차례 보여 주었던 그 펜던트를 보고 그 우아하면서도 아름다운 세공에 깊이 감탄했었다.

"그 펜던트가 왜?"

"우연히 보시고는 어디서 난 거냐고 물으셨죠."

"…그, 그래서?"

"어머님의 유품이라고 말씀드렸더니……"

꿀꺽.

아이린은 침을 삼키며 카르얀의 얘기에 집중했다.

"갑자기 급한 일이 생겼다며 떠나셨습니다."

"……"

"끝이에요."

아이린은 굳어 버렸다.

이게 대체 무슨… 카르얀의 어머니가 남긴 유품을 아버지가 알고 있다는 뜻이었다. 그것은 즉 아버지가 그녀를 알고 있다는 말.

그럼 대체 어떻게 알고 있는 걸까.

카르얀의 어머니는 카르얀과 마찬가지로 평민이었을 텐데……

아이린은 곧바로 몸을 돌렸다.

그런 그녀의 등을 바라보며 카르얀은 알려 준 게 과연 잘

한 짓인지 생각했다.

자신은 어차피 공작을 만나지도 못할 터, 그렇다고 공작 저택에 잠입을 하기에는 아직 실력이 턱도 없이 부족하다.

그럼 결국 공작이 찾아오거나, 혹은 공작을 만날 수 있는 사람에게 부탁하는 방법뿐이었다.

카르얀은 화살을 쏘아 보냈다.

그 화살은 적에 비하면 매우 약해, 단번에 부러져 돌아오지 못할지도 모르지만 어쨌든 보냈다.

이제 손을 떠난 화살에 대해서는 잊고 자신은 본래대로 무극파천심공의 수련에만 집중하기로 했다.

그가 알고 싶은 것은 단 하나.

공작이 과연 아군인가 적군인가, 그것이었다.

만약 자신의 어머니와 좋지 못한 관계로 엮여 있어 자신을 처리하려 든다면, 고아원 아이들까지도 위험해질 게 분명했으니까.

그 걱정만 던다면, 사실 아버지가 누구든 그 부분에 대해서는 정말로 관심이 없는 카르얀이었다.

저택으로 돌아간 아이린은 집무실로 뛰어올라갔다.

"아이린 님! 뛰지 마십시오! 부디 조신하게……."

자신을 발견하고 잔소리를 늘어놓으려는 유모를 따돌리고 달려가는 아이린.

"제발 그 청초한 외모의 반에 반만이라도 조신하게 굴어 주십시오! 이 유모의 평생소원⋯⋯."

"다음 생에 꼭 들어드릴게요!"

아이린은 3층에 위치한 아버지의 집무실 앞까지 뛰어가 문을 두드렸다.

똑똑똑!

"누구냐."

"아버지! 저예요!"

"오, 그래. 아이린. 안 그래도 부르려던 참이다."

아이린은 문을 열고 들어갔다.

안에는 총관과 주방장이 시립해 있었다.

"일정이 바뀌는 탓에 밥을 먹지 못했구나. 주방장을 불러 메뉴를 정해 주고 있었느니라."

주방장은 고개를 깊이 숙이고 말했다.

"공작님, 아이린 님. 잠시만 기다려 주십시오. 얼른 식사를 준비하겠습니다."

밖으로 나가는 주방장을 잠시 바라본 아이린은 총관에게도 살짝 시선을 주었다.

그 모습을 본 공작이 총관에게 말했다.

"자네도 이만 가 보게."

총관이 나가자, 아이린은 득달같이 공작에게 달려갔다.

"아버지! 무슨 일이에요? 왜 그냥 돌아오셨죠?"

"아이린."

무겁게 가라앉은 공작의 목소리가 집무실 내에 울려 퍼졌다.

아이린은 놀라 한 걸음 물러섰다.

밖에서는 엄한 아버지였지만, 사람들이 없을 때만큼은 늘 다정다감한 말투로 자신과 노엘을 대하던 아버지였기에 이런 무서운 목소리는 들어 본 적이 없었다.

아이린은 잔뜩 긴장하고 말았다.

"그동안 아이들을 잘 보살폈더구나. 칭찬 받아 마땅한 일이다."

"…감사합니다."

"너희 엄마가 죽고 너무 일찍 조숙해져 잘 웃지 않던 네가 고아원 아이들을 만나고서부터 미소를 되찾았다는 걸 알고 있다."

"……"

"친구가 필요했던 거겠지. 풍족한 환경에서 자라 거들먹거리기만 하는 멍청한 귀족 자제들이 아니라, 네가 지닌 그늘 즉 엄마에 대한 그리움을 알고 이해하는 진짜 친구가 말이다."

"…어?"

아이린은 갑자기 뺨을 타고 흘러내린 한줄기 눈물에 당황했다.

슬프지 않았다. 우울하지도 않았다. 그냥, 아무렇지도 않았다.

그런데 아버지로부터 그 말을 듣는 순간, 마음은 괜찮은데… 머리도 괜찮은데… 저도 모르게 눈물이 툭하고 떨어졌다.

그녀는 그 눈물이, 자신조차 모르고 지낸 자신의 진심이라는 걸 몰랐다.

"왜 눈물이… 괜, 괜찮아요. 먼지가 들어갔나 봐요. 정말이에요."

둑이 무너지자 눈물이 계속 차올랐다. 하염없이 흐르기 시작한 눈물을 두 손으로 열심히 닦아 내며 아이린은 웃기 위해 노력했다.

"몰라서 네 외로움을 방치했던 게 아니다. 내가 네 엄마가 되어 줄 수 없었기에, 난 스스로 이겨내길 기다렸다. 그리고 넌 결국 이겨냈지."

아이린은 그제야 깨달았다.

왜 자신이 카르얀에게 그리 끌렸는지.

누구에게도 얘기하지 못한, 자신의 주변에 있는 누구도 이해해 주지 못한, 엄마에 대한 그리움… 그 그리움을 카르얀은 알아주었기 때문이다.

그래서 마치 같은 별에서 태어난 존재처럼, 그녀는 카르안에게 자꾸 마음이 갔던 것이다.

꽁꽁 싸매고 썩혀만 가던 속내를 터놓고 얘기할 수 있었던 첫 번째 친구…였으니까.

"카르안과 고아원의 아이들 덕분이에요. 제가 다시 웃게 된 건… 모두 그 아이들 덕분이에요."

눈물을 흘리며 아이린은 말했다.

공작은 고개를 끄덕이고 진심으로 미안한 표정을 지었다.

"알고 있다. 그래서 네게 이런 말은 정말이지 하고 싶지가 않구나."

"…네?"

아이린은 멍한 눈으로 아버지의 얼굴을 응시했다.

공작은 입을 열었다.

"베네딕트 고아원과의 인연은 여기서 끝내도록 하여라."

"그게 무슨……!"

❖

일주일이 지났다.

공작이 갑자기 떠난 것에 대해 아이들은 약간의 불안감을 느끼고 있었지만 카르안과 훈트, 랑스, 판의 노력으로 평소의 일상을 이어갔다.

그러나 카르얀은 앞으로 고아원의 상황이 지금까지와 다르게 흘러갈지도 모른다는 걸 이미 염두에 두고 있었다. 만약 별일이 아니라면, 아이린이 찾아와도 진작 찾아왔을 테니까.

소식이 없는 아이린이 궁금하기도 하고 걱정이 되기도 했다.

"카르얀! 드디어 오늘이 추가 지원금 나오는 날이야. 판 녀석 숨통 좀 트이겠는데?"

카르얀과 친구들은 고아원 정문에서 사람을 기다리는 중이었다. 일전에 아이린이 약속한 추가 지원금을 전달하러 올 사람이었다.

낮 2시라 했으니 이제 얼마 남지 않았다.

카르얀은 묵묵히 정문 벽에 등을 기대고 서서 고아원 밖을 바라보았다.

훈트는 대견하게도 기다리는 시간 동안 구석에서 목검을 휘두르고 있었고 랑스는 신이 나 지원금이 들어오면 구매해야 할 필수품 목록을 몇 번씩 들여다보고 있었다. 판 역시 말은 없었지만 랑스의 리스트를 어깨 너머로 보며 은근히 기대하는 표정이었다.

누가 뭐래도 돈이 없어서 새로 들어온 아이들을 많이 먹이지 못한 게 사실이었으니까. 적어도 당분간은 마음 편히 지낼 수 있겠구나 하고 그들은 생각했다.

"안 오네."

카르얀의 입술이 달싹였다.

해는 이미 중천에 떠 있었다.

고아원 건물에 달린 시계도 2시를 가리키고 있었다.

매달 방문할 때마다 늘 10분 일찍 왔던 걸 감안하면, 정각일 뿐이지만 예감이 좋지 않았다.

시간은 계속 흘렀다.

2시 30분이 되어도 오기로 한 사람은 소식이 없었다.

신이 나서 콧노래를 흥얼거리던 랑스가 조용해졌다. 훈트도 휘두르던 목검을 허리춤에 꽂고 카르얀 근처로 왔다. 판은 무거운 안색이었다.

"조금 더 기다려 보자."

카르얀이 말했다.

아이들은 카르얀의 말대로 기다림을 지속했다.

시간이 하염없이 가고 아이들은 지쳐 갔다.

다섯 시가 되고 저녁 식사 시간이 되었는데도 고아원 정문 앞에는 사람 그림자조차 나타나지 않았다.

"저녁 먹고 있어, 난 잠시 다녀올게."

결국 훈트와 랑스, 판을 식당으로 보내고 카르얀은 직접 고아원을 나섰다.

카르얀은 꽤 먼 거리였지만 적절히 보법을 펼쳐 빠른 시간 내에 공작 저택에 당도했다.

저택은 문부터가 으리으리했다. 일반 서민들의 기를 죽일 의도로 만들어진 모양이다.

보통 사람이라면 기가 꺾여 차마 다가가지도 못할 그곳으로 카르얀은 발걸음을 옮겼다.

정문과 주변 담벼락을 공작의 사병들이 수시로 순찰하며 지키고 있었다.

"멈춰라! 무슨 일이냐!"

어느 정도 다가가자 병사들이 카르얀을 멈춰 세웠다.

카르얀은 입을 열었다.

"아이린 님을 뵈러 왔습니다."

병사들은 카르얀을 위아래로 훑어보았다.

그들은 카르얀의 정체를 금세 알아챘다.

"베네딕트 고아원의 꼬마로군."

자주는 아니라도 몇 차례 온 적이 있었기에 병사들은 그를 기억하고 있었다.

난감한 얼굴로 서로 눈짓을 주고받은 그들은 이내 고개를 가로저었다.

"돌아가라! 더 이상 아이린 님은 너희와 만나길 원치 않으신다!"

카르얀은 자신의 짐작이 맞았음을 알았다.

오기로 한 사람이 오지 않았을 때부터, 카르얀은 공작이 자신들을 외면하려 한다는 느낌을 받았다.

"역시……."

공작은 자신들과 인연을 끊으려는 게 틀림없다.

그럼 아직 어린 새에 불과한 아이린은 공작을 거역할 수 없는 노릇이다.

지금쯤 아마 방에 갇혀 있거나, 아버지를 설득하려 안간힘을 쓰고 있을 테지.

"아이린 님이 직접 그리 말씀하셨습니까?"

병사들은 머뭇거렸다.

"그, 그건 아니지만……."

"알겠습니다. 그럼 됐습니다."

카르얀은 미련 없이 돌아섰다.

짝사랑 따위에는 취미가 없다.

공작이 외면하겠다는데, 붙잡고 매달릴 의사는 추호도 없다. 이쪽도 똑같이 외면해 주면 된다.

고아라도 자존심은 있는 법이니까.

그가 아버지든 아니든, 무얼 알고 있든.

자신들을 외면한 존재일 뿐이다.

카르얀은 뒤도 돌아보지 않고 저택을 떠났다.

❖

"이제 지원금 같은 건 없어."

카르얀은 훈트, 랑스, 판을 앉혀 놓고 현실을 알려 주었다.

"왜?! 왜 갑자기……."

랑스가 흥분하여 물어왔다.

잠시 고민하던 카르얀은 그들 또한 아이린 이상의 친구라 여겼기에 입을 열었다.

카르얀의 이야기를 듣고, 셋은 놀라 눈을 휘둥그레 떴다.

"그, 그, 그럼 공작님이 네 아버지일 수도 있다는 말이야?!"

역시 그렇게 들리나?

랑스의 비약에 카르얀은 짧은 한숨을 내쉬었다.

"펜던트를 알고 있다고 해서 꼭 아버지라는 법은 없어."

"하지만……."

"그냥 엄마와 알던 사람일 수도 있고."

"…남녀 간에 그냥 아는 사이는 없다던데."

어디서 주워들었는지 판이 조숙한 소리를 내뱉었다.

"앞서 가지 마. 그리고 설령 아버지라도, 이렇게 우리를 팽개친 사람을 난 절대 아버지로 인정하지 않을 거야. 어머니가 혼자서 얼마나 힘들게 고생하다 돌아가셨는지 난 똑똑히 봤으니까."

"…으응."

카르얀의 눈은 말하고 있었다.

내게는 태어난 그 순간부터 아버지란 존재가 없었노라고. 만약 죽거나, 피치 못할 사정에 의해 떨어져 있었던 거라면 몰라도. 자신을 외면하는 아버지는 자신 또한 철저히 외면해 주겠노라고.

"우리끼리 살아가야 해. 지금까지는 지원금을 받고 있었지만, 이제는 정말로 우리끼리야."

훈트, 랑스, 판은 걱정스런 얼굴이었다.

"우리가… 지원금도 없이 살아갈 수 있을까?"

카르얀은 자신의 가슴 위에 주먹을 올려놓고 당당하게 말했다.

"날 믿어. 내가 책임지고 이 고아원을 지켜낼 테니."

아이들은 강한 신뢰와 함께 마음 깊은 곳에서 한줄기 미안함이 솟아올랐다.

항상 카르얀이 모든 짐을 짊어지고 있었다.

어릴 적, 제크의 폭거 때도 카르얀이 나서서 해결을 했고 인신매매단에게 팔려갈 뻔했을 때도 카르얀이 분주하게 고아원과 경비대에 잇달아 뛰어들며 모든 아이들을 구해 냈다.

그리고 지금에 이르러, 앞날이 막막한 상황에서도 카르얀은 자신을 믿으라고 말한다.

훈트와 랑스, 판은 자신들이 카르얀에게 짐 덩이처럼 느껴졌다.

고마웠고 부끄러웠다.

"우, 우리도 도와줄게!"

훈트가 씩씩하게 외쳤다.

까불기 좋아하는 랑스도 이때만큼은 진지하게 입을 꾹 다물고 고개를 끄덕였다. 판도 나직하지만 확실하게 의사를 표현했다.

"…말만 해. 다할게."

세 아이의 굳은 의지를 느낀 카르얀은 입가에 옅은 미소를 띠었다.

고작 열두 살 아이들이라지만 든든했다.

"좋아! 기운 내서 해 보자고!"

카르얀은 밝은 목소리로 아이들에게 해야 할 일들을 알려 주었다.

"랑스는 내일부터 밖에 나가 일자리를 구해 봐! 적당히 힘쓰는 일로!"

"응! 알았어! 우리 애들이 무공을 익혀서 힘 하나는 쓸 만 하지!"

"판은 해 오던 대로 고아원을 관리해 줘! 한동안 자금 때문에 힘들겠지만, 운영비는 곧 벌어다 줄게!"

"응… 아끼면 돼."

"훈트는 아이들의 수련을 책임지도록 해! 일주일에 두세 번은 봐주겠지만, 이제 늘 함께하지는 못할 거야!"

"알았어! 맡겨 둬!"

아이들은 기운차게 대답했다.

일자리를 구한다는 게 말처럼 쉬운 일은 아닐 것이다.

그러나 주선해 주기로 했던 공작과 아이린이 더 이상 자신들의 일에 관여를 하지 않게 되었으니 스스로 일을 구해야 한다.

정말로 사회에 내던져진 그들이었다.

카르얀은 친구들을 생활관으로 돌려보내고 목검을 들고 뒤편 공터로 나갔다.

심란한 마음을 가라앉히는 데는 수련이 제일이다.

정신을 집중하고 천천히 검을 움직였다.

서둘러서는 안 된다. 검로를 음미하듯이, 여유롭게 세상에 한 폭의 그림을 그리는 것이다.

훗날 성취가 높아지면 그 그림이 낙뢰가 되어 세상을 내리칠 테지만, 아직 그런 파괴력을 품지 못한 카르얀의 목검은 한가로이 허공을 노닐었다.

"에녹 K 베네딕트……."

검 끝을 똑바로 응시하며 검술을 펼쳐내던 카르얀의 입에서 낮은 음성이 흘러나왔다.

"외면하는 정도에서 그친다면, 나 역시 탓하지 않겠다. 그러나… 그 이상으로 선을 넘는다면… 공작이라 해도 무극파천심공과 참마혈뢰검을 구경해야 할 것이다."

그가 자신에게 품은 감정이 호의가 아님은 밝혀졌다.

무슨 사연이 있는지는 관계없다.

무조건 받은 대로 돌려 줄 것이다.

지금은 외면뿐이니, 자신도 무시하겠지만……

혹시 전대의 사정이란 것에 의해, 이 고아원의 아이들 중 한 명이라도 죽는다면… 그때는 피로 물든 전쟁을 벌이고 말리라.

카르얀은 아이린의 아버지인 그와 자신의 인연이 악연으로까지 치닫지는 않기를 바랐다. 아이린은 고아원 아이들의 누나였고 친구였으니까.

어느 쪽도 마음 아파할 일이 없기를 바라는 그였다.

카르얀의 검이 매서워졌다.

파앗!

일검에 상념들이 예리하게 잘려 나갔다.

파앗!

과거의 사연들도 맥을 못 추고 부서졌다.

파아앗!

'공작! 난 그저 베네딕트 고아원의 카르얀이다! 과거 따위에 날 끌어들이지 마라!'

카르얀의 몸은 유려하게 춤을 췄다.

바람을 타고 떠오른 몸은 좌우로 물 흐르듯이 쏟아져 나갔다.

그가 지나는 곳곳마다 목검이 요동쳤다.

목검은 반월을 그리며 밤공기를 거칠게 때렸다.

파아앗!

두 시간 가량 수련에 몰두하던 카르얀은 어느 순간, 우뚝 하고 발을 멈췄다.

목검을 내리고 호흡을 가다듬은 뒤, 옆으로 몸을 돌렸다.

공터 저편에서 한 소녀가 안타까운 눈으로 자신을 바라보고 있었다.

소녀의 은색 머리카락이 달빛 아래에서 더욱 신비하게 빛났다.

달의 여신이라도 내려온 모습이었다.

카르얀은 그녀의 청아한 외모에 잠시 마음을 빼앗겼다.

그러나 이내, 침착한 미소를 짓고 그녀를 향해 한 걸음 다가갔다.

"여기 오신 걸 알면 공작님이 싫어하실 텐데요."

아이린은 마주 웃었다.

약간은 애처로운 미소였다.

"…카르얀."

그녀의 목소리는 비를 흠뻑 맞은 새처럼 떨리고 있었다.

제2장

세뮤 마을

아이린은 가까스로 입을 열었다.

"미안해……."

왜 그녀가 사과하는 걸까.

카르얀은 걸음을 옮겨 그녀의 앞에 섰다.

"뭐가 말입니까."

"…끝까지 책임지지 못해서."

"책임은 우리 스스로 질 거예요. 그동안 도와준 것만으로도 충분히 고맙게 생각하고 있습니다."

"그래도……."

"각자 있어야 할 자리가 있잖습니까. 아이린 님은 그곳에서, 우리는 이곳에서 최선을 다해 살면 되는 거죠. 인연이

닿아 서로 좋은 친구가 되었다가, 이제 인연이 다해 작별을 한다. 그뿐입니다."

차분하게 정리 된 카르얀의 말에 아이린은 대꾸하지 못했다.

머리로는 그녀도 이해할 수 있다.

그런데 마음이 자꾸 답답한 걸 어떻게 하란 말인가.

"…아버지의 결정은 잘못된 거야."

그 말만이 입가를 맴돌았다.

"내가 인정할게. 내가 널 동생으로 인정하고 사람들에게 공표하면… 아버지도 널 끝까지 외면하진 못하실 거야."

카르얀은 이 어린 소녀가 귀여웠다.

"공작님께서 그리 말씀하셨습니까? 제가 그분의 아들이라고?"

"…아니, 하지만 돌아가는 정황을 봐. 뻔하잖아. 이런 경우는 당연히……."

"아이린 님이 자주 읽으시는 로맨스 소설과 비교하시면 안 됩니다. 현실이잖아요."

"그, 그건……."

그녀의 얼굴이 붉어졌다.

의혹은 결코 진실이 아니다. 의혹은 어디까지나 의혹.

사춘기 소녀의 상상력에 의해 그 의혹이 진실로 변해 버려서는 안 된다.

"증거는 있나요?"

아이린은 고개를 도리도리 저었다.

"그런데 무엇을 공표할 거죠? 공작님이 펜던트에 대해 모른다고 말씀하시면 끝날 일입니다."

"……."

아이린은 조용해졌다.

"물론 아이린 님과 제가 이복 남매일 가능성도 있죠. 전 아버지가 누군지 모르니까. 그러나 아닐 수도 있습니다. 확실하지 않은 사실에 마음을 빼앗기지 마십시오."

"그럼… 확실한 건 뭐야."

카르얀은 대답 대신 미소만 내비쳤다.

아이린은 듣지 않아도 알 수 있었다.

확실한 건…….

자신과 카르얀이 다른 길을 걸어야 한다는 사실이다. 아니, 처음부터 그러했는데 이제야 깨달았다.

이번 일이 아니더라도 그들은 함께 걸을 수 없었다. 불장난이 진짜 불꽃으로 변해 버리면, 공작은 수단과 방법을 가리지 않고 불씨를 지워 버렸을 테니.

아이린은 역시 추억을 미래로 끌고 나가는 건 불가능한가 보다고 생각했다.

가슴이 아릿해졌다.

"확실한 건… 내가 널 좋아한다는 거야. 좋아하게 된 이유는 얼마 전에야 알았지만."

아이린의 고백에 카르얀은 알고 있었다는 듯이 대답했다.

"이유라… 로맨스 소설 때문이 아니었나요? 신분을 초월한 사랑에 대한 동경. 그렇게 알고 있었는데."

"나도 그런 줄 알았는데, 아니더라고."

"그럼 뭡니까?"

"말 안 해 줄래. 배다른 동생일지도 모르는 녀석한테 이 이상의 고백은 안 될 말이지."

"그렇군요."

"…그래도 몇 번 더 물어 봐. 소녀의 마음은 두드려야 열리는 거야."

"사양하죠. 이복 누나와 사랑에 빠지고 싶지는 않으니까요."

"아닐 수도 있다며."

"그럴 수도 있고요. 양쪽의 가능성이 다 열려 있는 걸요."

"……"

"어차피 신분 때문에 못 이뤄질 거잖아요. 어른이 되고 세상에 나가서보다 좋은 친구, 좋은 인연 많이 만나길 바랄게요."

"칫… 쓸데없이 쿨한 녀석."

아이린은 마음에 큰 구멍이 뚫린 기분이었다.

차가운 바람이 심장을 할퀴고 지나갔다.

욱신욱신.

자신의 유일한 이해자를 아버지 때문에 허무하게 잃어야 하다니, 속이 쓰리다.

이래서 어른들은 술이란 걸 마시는 걸까.

약한 술이라면 한 번쯤 마셔 봐도 좋겠다는 생각이 든다.

"잘 가요. 다시는… 찾아오지 말고요."

"…가끔 몰래 찾아올게."

"아니요. 찾아오지 말아요. 절대."

"왜? 사실 너도 나 좋아하잖아. 너 같은 평민이 어딜 가서 공작 영애와 밀어를 속삭이겠어. 봐, 그럴 여자애는 나밖에 없지?"

"하하……."

"그러니까… 인연을 완전히 끊고 싶지는 않아."

"아직 확실히 좋아한다고 단언할 만큼의 마음은 아닌데요. 친구 이상 정도죠."

"…흥, 그냥 분위기에 휩쓸려 주면 어디가 덧나나."

이복 남매일지도 모르는 상황에서 밀어를 나눌 수야 있겠는가.

카르얀은 그녀를 밀어냈다.

그것도 모자라 확인 사살까지 했다.

"오지 말아요. 우리를 떠올리지도 말고 우리들의 소식을 알아보려 하지도 말고, 혹시 들리더라도 한 귀로 듣고 흘려요."

일말의 여지도 남기지 않는 카르얀의 너무도 서늘한 그 말은 아이린의 마음을 난폭하게 파고들었다.

"…왜 그렇게까지."

아이린은 서운했다.

이렇게 냉정하게 굴 것까지는 없잖은가.

이복 남매일지도 모르는 상황이 걸린다면, 친구로라도 남으면 된다.

호위기사들과 함께 1년에 한두 번의 밀행이라면 아버지에게 들키지 않을 자신도 있었다.

그런데 카르얀은 절대 오지 말란다. 그림자조차 비치지 말라고 한다.

"그래야……."

"……."

"그래야 아이들이 조금이라도 안전할 수 있습니다."

"……."

"아직은 제가 충분히 강하지 못해서, 위급한 일이 생겼을 때 막아 낼 힘이 부족합니다."

그러니 지금은 공작을 너무 자극해서는 안 된다.

조용히 떨어져 나가길 원하는데, 자꾸 수면 위로 머리를 드러내면 잘라 버리려 할지도 모르니까.

아이린은 이해했다.

자신의 경솔한 행동으로 고아원 아이들이 위험에 처하는 건 그녀도 원치 않았다.

"…알았어."

"언젠가 제가 충분히 강해졌을 때, 보러 갈게요. 아이린 님은 자신의 자리를 지키도록 해요."

"…응, 약속할게."

카르얀은 손을 올렸다.

손은 아이린의 귓가에서 멈췄다.

무엄한 행동이었지만, 앞으로 한동안 못 볼 이 아름다운 소녀를 지금이 아니면 언제 만져 보랴.

카르얀의 손이 아이린의 머릿결을 부드럽게 쓰다듬었다.

아이린은 부끄러운지 고개를 푹 숙이고 있었다.

평소의 당돌한 모습은 어디론가 사라져 있었다.

"잘 지내요. 아이린."

호칭에서 '님' 자가 사라진 것만으로도 아이린의 심장은 터질 듯이 뛰었다.

그녀는 몸에 힘이 들어가지 않았지만 용기를 내 까치발을 들었다. 그러나 카르얀의 뺨에 입을 맞추려던 그녀의 시도 는 무위로 돌아가고 말았다.

카르얀이 그녀의 어깨를 잡아 버린 탓이다.

그녀는 민망함과 수치스러움에 눈을 꼭 감고 고개를 돌려 버렸다.

"나중에, 내 아버지가 공작님이 아니라는 게 분명해지면 그때 해요."

"…너, 너는 내 머리 쓰다듬었잖아."

"잊어버려요."

"…제멋대로야."

"제멋대로라서 미안합니다. 아이린 님."

호칭에 '님' 자가 다시 붙음으로, 두 소년 소녀의 거리는 순식간에 멀어졌다.

아이린은 심장이 싸늘하게 식는 것을 느꼈다. 온몸의 피가 얼어붙었다.

첫사랑이란 건 이렇게, 화산처럼 뜨거워졌다 얼음처럼 차가워지길 반복하는 걸까.

괴롭다.

어른이 되어 돌이켜 보면 별거 아닐지도 모르는 이 풋사랑이… 현재로서는 세상의 전부처럼 여겨진다.

"…잘 지내."

아이린은 떨어지지 않는 입술을 온 힘을 다해 달싹였다.

"건강하세요."

작별 인사를 주고받고, 아이린은 호위기사들이 기다리는 운동장으로 아쉬운 걸음을 옮겼다.

❖

"자! 수련하자!"

태양은 늘 그 자리에 있다.

아무리 우중충한 날이라도 태양은 뜬다.

카르얀은 오늘도 어김없이 제 시각에 수련을 시작했다.

자신들에게는 수련이 곧 태양이니까.

"훈트! 오늘부터 네가 가르쳐 봐!"

갑자기 자신이 사라져 버리면 훈트가 과연 제대로 해낼 수 있을까?

며칠 동안은 그가 이끌어가는 수련을 봐주기로 했다.

아이들을 제대로 가르치도록 만들어 놔야 한다.

"우하하! 맡겨 두라고! 이 녀석들! 이제 다 죽었어! 카르얀이 얼마나 자상하게 가르쳐 줬는지를 깨닫게 해 주마!"

훈트는 자신만만하게 아이들을 향해 선포했다.

의욕만큼은 카르얀조차 능가하고 있는 훈트였다.

문제는…….

"이봐! 너! 오백 번 추가다!"

"히익!"

"히익? 그런 정신 상태로는 안 돼! 팔백 번 추가!"

검을 휘두르던 아이는 좌절하고 말았다.

"훈트 형! 힘들어요! 한 바퀴만 줄여 줘요!"

"뭐? 운동장 스무 바퀴 추가!"

"헉!"

"헉? 쯧쯧, 나하고 랑스하고 판이 수련 받을 때는 이보다 열 배는 더했어! 안 되겠다! 너 서른 바퀴 더 돌아!"

"…으악! 대장! 우리 좀 구해 줘요! 훈트 형이 미쳤어요!"

카르얀은 이마를 짚었다.

목표치는 조금씩 올려 줘야 한다. 그래야 조금만 더… 조금만 더… 하며 나아갈 기운이 생기는 법이다. 저렇게 한 번에 팍 올려 버리면 누구라도 기가 꺾일 터.

엄격하지만 세심해야 하고 호통을 치더라도 속내는 온화해야 한다.

그러나 아직 어린 훈트는 카르얀의 겉모습만 흉내 내고 있었다. 그것도 상당히 과장되게…….

"…훈트, 이리 와 봐."

카르얀이 훈트를 불렀다.

아이들은 구조를 바라는 눈동자로 카르얀만 바라보고 있었다.

"너희는 수련해."

"우, 우리 훈트 형이 시킨 만큼 안 해도 되죠?"

"해! 지금 수련 교관은 훈트야. 훈트가 백 바퀴 돌라면 돌고 이백 바퀴 돌라면 도는 거야."

"헉! 그럴 수가!"

"실시!"

아이들은 사색이 되어 다시 달리기 시작했다.

그런 아이들이 안쓰러웠지만, 여기서는 당연히 훈트의 편을 들어 주어야 한다.

훈트는 앞으로 수련을 책임질 아이, 위신을 깎아 버려서는 절대 안 된다.

뒤에 가서 말을 할지언정, 아이들 앞에서 훈트를 훈계했다가는 자신이 없을 때 아이들도 사사건건 훈트의 수련 방식에 의문을 제기하고 반박하고 때때로 그를 가르치려 들 것이다.

그래서는 수련이 이루어질 턱이 없다.

카르얀은 훈트를 건물 뒤로 데려가 조용히 자신이 생각하는 바를 전했다.

훈트는 성격이 단순한지라 처음에는 무슨 뜻인고 했지만, 카르얀이 인내심을 갖고 차근차근 몇 번 더 풀어서 이야기해 주자 결국 이해를 했다.

"알았어! 조심할게!"

그 외에도 몇 가지 주의할 사항들을 일러 주고 훈트를 운동장으로 내보냈다.

훈트는 나름대로 근엄한 표정을 짓고 아이들에게 외쳤다.

"에헴! 아까 팔백 번 휘두르라고 한 거 취소! 팔십 번만 해! 너도 서른 바퀴 돌지 말고 세 바퀴만 돌아! 오늘은 내가 가르치는 첫날이니까 봐주는 거야!"

인심 쓴다는 듯한 훈트의 말에 새파랗게 질려 있던 두 아이는 환호성을 질렀다.

그리고 더욱 집중하여 수련에 몰두했다.

문제는 10분 뒤 일어났다.

수련을 지켜보던 훈트는 좀 전에 지옥에서 생환한 두 아이에게 갑자기 추가 훈련을 지시했다.

"너 팔십 번 추가! 너도 세 바퀴 추가!"

"헉……!"

또 10분이 지났다.

"팔십 번 추가! 세 바퀴 추가!"

"대, 대체 왜요!"

"이렇게 조금씩 올려야 너희가 의욕이 생길 거 아냐!"

"…너, 너무하잖아요. 훈트 형."

카르얀은 고개를 절레절레 흔들었다.

제대로 이해한 줄 알았는데, 잘못 이해했나 보다.

훈트를 제대로 된 교관으로 성장시키려면 일주일 정도로는 부족할지도 모르겠다.

❖

카르얀의 일상은 전과 달라졌다.

오전 내내 훈트를 교육 시켰고 오후 나절에는 멀리서 묵묵히 훈트가 아이들을 가르치는 모습을 감독했다.

그 일이 끝나면 저녁 식사를 하며 판으로부터 고아원 내의 대소사에 관한 보고를 들었다.

누가 누구랑 싸워서 화해를 시켜야 한다느니, 아이들이 어떤 반찬을 먹고 싶어 한다느니, 몇 번 생활관의 전구가 나갔다느니 등의 시시콜콜한 얘기도 있었고. 자금이 부족하다든가 운영비가 떨어져 간다든가 재정난이 심각하다든가 금전적으로 출혈이 크다든가 하는 등의 아주 아주 심각한 이야기들도 나왔다.

역시 사회에 던져진 후로 최대의 관건은 돈이다.

돈, 돈, 돈, 돈, 돈, 돈, 돈.

지원금으로 먹고 살 때는 피부까지 와 닿지 않았는데, 이제는 절실히 알겠다.

돈이 필요하다.

굶어 죽지 않으려면.

"휴우. 랑스. 어떻게 됐어?"

최근 고아원 밖으로 나가 일자리를 구하기 위해 동분서주하고 있는 랑스는 카르얀의 물음에 화들짝 놀랐다.

그리고 비실비실 웃었다.

눈 밑의 다크써클만 봐도 대답을 쉽게 유추해 낼 수 있었다.

"…아직."

"그래. 계속 다녀 봐."

카르얀은 랑스의 어깨를 토닥여 주었다.

"응……."

일자리를 구하기 위해 눈에 불을 켜고 있는 젊은이들만 해도 헤아리기 힘들 정도로 많다.

한데 그토록 치열한 취업 전쟁 속에서 십대 초반의 아이들을 다수 고용해 줄 곳이 과연 있을까.

역시 쉽지 않은 일이었다.

"얼마 전에는 목공소에 다녀왔는데, 거기서도 필요 없대. 제일 가능성이 큰 장소였는데 말이야."

풀이 죽은 랑스는 연신 한숨만 토해 냈다.

겨우 열두 살짜리 아이가 어깨를 축 늘어뜨리고 한숨을 내쉬는 장면은 그리 보기 좋은 광경은 아니었다.

그때, 카르얀의 뇌리에 한 가지 좋은 생각이 떠올랐다.

"랑스, 지난번에 우리 고아원 공사할 때 함께 일한 아저씨들 기억나?"

랑스는 고개를 끄덕였다.

"알아, 그 아저씨들은 우리 애들 힘 센 것도 알고 우리하고 많이 친해지기도 했으니까 고용해 줄지도 몰라."

"그래, 안 찾아가 봤어?"

"지금 성 내에 없어. 근처 마을에 공사하러 떠났대."

카르얀은 아쉬움에 무릎을 쳤다.

그러나 다시 생각해 보니 아쉬워하고만 있을 일이 아니었다.

일분일초가 아까운 상황이다.

고아원의 자금은 하루가 다르게 사라지고 있다.

최대한 빨리 아이들의 일자리를 찾고 자신도 용병 일을 시작해야 한다.

이곳 경비대 총대장이 전생의 자신과 비교했을 때, 6성쯤 되는 실력을 가지고 있었다. 현재 자신은 5성.

강하다고 자신할 수준은 아니라도 어디 가서 무시당할 실력은 결코 아니었다.

용병 일을 해서 고아원을 혼자 먹여 살릴 수 있을 만큼 큰 돈을 벌기는 어렵겠지만, 제법 쏠쏠한 수입은 거둘 수 있으리라.

그 수입과 여러 아이들이 벌어 오는 수입을 합치면, 빠듯하긴 해도 운영비는 나올 것이다.

"어차피 다른 데서 써 주지 않는다면… 그 아저씨들을 찾아가 보자!"

랑스는 놀랐다.

"그, 그럼 성 밖으로 나가야 하잖아. 밖으로 나가 본 적 한 번도 없는데……."

"평생 성 안에서만 살 거야?"

"…아니."

랑스와 훈트, 판은 불안해하면서도 눈을 초롱초롱하게 빛냈다.

은근히 기대하는 눈치였다.

"어느 마을로 갔어?"

카르얀은 물었다.

"우음… 세뮤 마을이라고 했나? 거기 마을 회관을 새로 짓는다고……."

어디서 많이 들어 본 이름이었다.

세뮤… 세뮤?

카르얀의 기억 속에서 빛바랜 나뭇잎 하나가 툭하고 떨어졌다.

"…세뮤 마을!"

"왜 그래? 아는 곳이야?"

랑스가 물었다.

카르얀은 고개를 끄덕였다.

"내가 태어난 곳이야."

다음날 오전, 카르얀은 따라가고 싶어 하는 아이들을 물리치느라 큰 소란을 겪었다.

"대장! 나도 갈래!"

"나도 구경 가고 싶어!"

"나도 밖에 볼래!

카르얀은 소리쳤다.

"조용히 해! 놀러 가는 거 아니라고 몇 번을 말하냐!"

"대장! 나도!"

"대장! 데려가 줘!"

"대장! 같이 가!"

당최 말을 들어먹지 않는 아이들이었다.

답답한 고아원 생활만 하다 보니 바깥 세상에 대한 동경이 엄청나게 자라 있었다.

카르얀은 그런 그들을 보고 앞으로는 틈틈이 성 밖까지는 아니더라도 시내 구경을 시켜 줘야겠다고 마음먹었다.

바람을 쐬어 주는 게 아이들 정서에도 확실히 좋을 테니 말이다.

"약속! 이번에 다녀와서! 다음 주말에 번화가 구경 가자! 그러니 얌전히 기다리고 있어!"

"와아! 정말?! 우리 번화가 가는 거야?!"

뒤에서 판이 카르얀의 허리를 쿡쿡 찌르며, "놀러갈 돈 없는데……." 라고 중얼거렸지만 카르얀은 무시했다.

단어 그대로 '구경'만 하는 데는 돈이 들지 않으니까.

아이들을 겨우 떨쳐 내고 카르얀은 랑스만 데리고 고아원을 나섰다.

훈트와 판도 나가고 싶은 건 마찬가지였지만, 둘은 남아서 아이들을 돌봐야 하니 다음을 기약하기로 했다.

"성 밖은 어떤 세상이야?"

카르얀의 뒤를 졸졸 따라오며 랑스가 물었다.

"똑같이 사람 사는 세상."

"거기도 이렇게 화려해?"

"아니, 그건 아니야."

"우리 같은 애들도 많이 있어?"

"응."

카르얀은 어릴 때 자주 본 세뮤 마을의 어린아이들을 떠올렸다.

제법 컸을 것이다.

딱히 만나도 할 말은 없지만, 한 번 보고는 싶었다.

카르얀과 랑스는 번화가를 지나 성문으로 향했다.

"우와⋯ 사람 진짜 많다."

성문 앞은 인산인해였다.

나가려는 사람들과 들어오는 사람들이 긴 줄을 만들고 있었다. 줄이 다섯 개 씩이나 되는데도 모두 끝이 보이지 않았다.

랑스는 왠지 모르게 주눅이 들었다. 평소 호들갑 떨기를 즐겨 하는 녀석이 꿀 먹은 벙어리가 되고 말았다.

카르얀은 피식 웃고는 줄의 후미에 가서 섰다.

"긴장하지 마라. 살면서 많이 봐야 할 광경이잖아."

카르얀도 이런 광경은 네 살 때 한 차례 봤을 뿐이다.

전생에는 섬에서 살았으니 사람 구경을 못했고 이번 삶에서는 거의 태반을 고아원에 틀어박혀 지냈기에 가끔 번화가를 지날 때를 제외하고는 처음이었다.

단언하건데 번화가보다도 인파가 예닐곱 배는 많아 보였다.

사실은 카르얀도 정신이 없는 상태였지만, 그래도 살아온 나이가 있는지라 랑스와 달리 의연하게 행동하는 것이었다.

"우리 순서는 언제 와……."

한 시간이나 서 있자 랑스는 지겨워지기 시작했다.

도무지 줄이 줄어들 기미가 안 보였기 때문이다.

"곧 오겠지……."

카르얀도 지쳤다.

결국 줄은 기다린 지 세 시간 반이 지나고서야 사라졌다.

"후아! 영원히 안 줄어들 거 같았는데, 드디어 우리 차례다!"

사람들 사이에서 오랜 시간을 기다리면서 긴장이 조금 풀렸는지, 랑스의 표정이 평소처럼 자연스러워져 있었다.

그러나 그 얼굴은 곧이어 들려온 성문 출입기록관의 음성에 돌덩이처럼 다시 굳어져야 했다.

"이런, 이 녀석들 번호표를 안 받았구나. 새치기하는 이

들을 방지하기 위해 줄을 서기 전 번호표를 발부 받아야 한
단다."

"……."

태연을 가장하고 있던 카르얀조차도 얼어 버렸다.

카르얀은 떨리는 목소리로 물었다.

"…그럼 어떻게 해야 합니까? 우리 못 나가는 겁니까?"

"당연하지. 저쪽 천막에서 번호표를 발부 받은 다음, 맨
뒤로 가 다시 서도록 해라."

"……!!"

카르얀은 출입기록관이 가리킨 곳으로 눈을 돌렸다.

번호표를 발부 받는 천막이었다.

그곳에도 엄청나게 긴 줄이 존재하고 있었다.

"…아뇨, 8년 전에 올 때는 안 이랬는데."

"번호표 제도는 5년 전에 생겼단다."

친절한 그의 설명이 왜 이리도 얄밉게 느껴지는 걸까.

카르얀과 랑스는 그날, 복잡한 절차 속에 성문을 열 시간
만에 통과했다.

모두 돈이 없고 빽이 없어서 일어난 일이었다.

세상 경험이 적은 카르얀과 랑스는 성을 나갈 때까지 그
사실을 전혀 깨닫지 못했다.

기억은 불확실했다.

어린 시절의 기억에 따라 길을 짚어 가던 카르얀은 금세 두 손을 들고 말았다.

8년이라는 세월은 길었다.

기억 속의 나무들은 밑동만 남아 전혀 지표가 되어 주지 못했고 없던 길이 거미줄처럼 생겨나 그의 혼란을 가중시켰다.

카르얀은 자신만 따라오라고 외친 말을 번복하고 길을 묻기로 했다.

"…진작 좀 물어보지."

성문에서 열 시간이나 시달린데 이어 나와서는 카르얀의 엉터리 안내에 휘둘린 랑스는 정신적으로 한계였다.

"얼른 가자……."

카르얀도 맥 빠진 음성을 냈다.

길 가던 상인에게 물어 방향을 잡은 두 아이는 서둘러 걸음을 옮겼다.

세뮤 마을은 많이 발전해 있었다.

옛날과 달리 중앙에 분수대가 놓여 있었고 상점들도 들어섰다. 여행객들을 위한 숙박 시설도 늘어난 듯했다.

온갖 고생 끝에 늦은 밤이 되어서야 도착한 카르얀은 마을을 둘러보며 감회에 젖었다.

'저곳은… 엄마와 함께 살던 집! 저 길은… 엄마가 일하러 갈 때마다 날 데리고 걸었던 그 길이구나!'

마음 한 구석이 쩡하고 울렸다.

아름다운 엄마의 얼굴이 떠오른다.

카르얀은 시간이 너무 늦었으니 오늘은 일단 자고 내일 아저씨들을 찾아가기로 했다.

"우리 어디서 자?"

랑스가 물었다.

"여관에 가서 얼만지 물어보고 비싸면 그냥 골목길에서 자자."

"응, 어느 여관으로 갈까?"

카르얀은 자연스럽게 엄마가 일하던 여관으로 향했다.

여관 문을 열고 안으로 들어가자, 익숙한 얼굴의 주인아주머니가 계산대에 앉아 졸고 있었다.

많이 늙었지만 엄마와 함께 일하던 그녀가 분명했다.

카르얀은 일부러 발소리를 냈고 주인은 그 소리를 듣고 잠에서 깼다.

그녀는 마을에 어울리지 않는 귀공자풍의 소년이 다가오는 걸 보고 고개를 갸웃거렸다.

마을에 저런 아이는 없었다.

그렇다고 여행객이라기에는 너무 어리고…… 누구지?

그런데 어딘가 낯이 익었다. 저런 귀족스러운 외모는 살면서 딱 한 번 보았다.

"…어? 혹시 너……!"

"아주머니, 저 알아보시겠어요?"

"너, 너… 그래! 맞아! 엘레나의 아들 녀석이지?!"

그녀는 몹시 반가워하며 카르얀과 랑스를 맞아 주었다.

그녀는 돈 따위는 신경 쓰지 말라며, 방을 내주었고 늦은 시각임에도 직접 식사를 마련해 주었다.

"그때는 참 내가 왜 그랬는지……."

주인아주머니는 마을 사람들이 엘레나를 전염병에 걸린 것처럼 몰아붙일 때, 아니라고 생각하면서도 용기 내어 나서지 못한 것이 살아오는 내내 마음에 걸렸었다고 했다.

그녀는 사과했고 카르얀은 엄마를 대신해 그녀를 용서했다.

"마을 사람들을 너무 미워하지 말거라. 다들 잘 몰라서 그래. 뭐가 전염병인지도 모르고… 그냥 무서우니까 그런 거야……."

아주머니는 카르얀과 랑스가 밥을 먹는 내내 옆에서 옛날 이야기들을 늘어놓았다.

그러던 중, 이상한 얘기가 튀어나왔다.

"아참, 나흘 전인가?"

아무리 그녀가 엘레나의 일을 마음속에 담아두고 있었다 하나, 무려 8년 전의 일이었다. 그럼에도 불구하고 카르얀을 보자마자 엘레나를 떠올린 건 그럴 만한 이유가 있었기 때문이었다.

"어떤 남자가 찾아와서는 너에 대해 물었단다."

카르얀의 포크가 우뚝하고 멎었다.

"…누가요?"

"모르겠어, 키가 크고 호리호리한 남자였는데. 사람 좋은 미소를 짓고 있더구나. 그런데 그게 또 약간 위화감이 일었어."

평생 식당 일을 해 오며 수많은 사람들과 부딪쳐온 그녀의 눈은 스스로도 무척 날카롭다고 자부하고 있었다.

"그때는 기억이 잘 안 나서 모르겠다고 했는데, 그 후로 곰곰이 생각해 보니 너와 엘레나의 이름이 떠오르고. 기억들이 하나둘씩 되살아나더구나."

카르얀은 식사를 멈추고 고민에 빠졌다.

대체 누굴까.

그러다 그녀의 말 속에 핵심적인 단서가 있음을 알아챘다.

"아주머니, 분명 엄마가 아니라 저에 대해 물었습니까?"

"응? 아아, 그래. 엘레나를 찾았다면 내가 금세 기억해 냈겠지. 그런데 카르얀이라고 하니… 통 누군지 모르겠더구나. 그래서 그냥 돌려보냈어."

그럼 엄마와 관계된 자는 아니다.

자신과 연관된 자다.

자신의 뒤를 캘 만한 인물이 과연 여럿일까?

'…베네딕트 공작.'

거의 유일한 인물이다.

예전에 자신에게 당한 인신매매단의 녀석들에게도 동기는 있지만, 당시 아이린에게 잘 보이려는 경비대 총대장에 의해 완전히 토벌당했고 혹 잔당이 남았더라도 2년이나 지난 지금에 와서 캐고 다닐 리는 없다.

카르얀은 음식을 입 안에 넣고 우적우적 거칠게 씹었다.

'공작… 날 내버려 둬. 아이린의 아버지인 당신과는 되도록 싸우고 싶지 않으니까. 내가 누구든, 날 건드리지 마. 잘못된 결정을 하는 순간 당신이 쌓아올린 모든 게 산산조각 날 거야.'

찰나지간 카르얀의 푸른 눈동자에 섬뜩한 살기가 스쳤다.

제3장

암흑기사단

주인아주머니의 친절로 숙식을 해결한 카르얀과 랑스는 아침 해가 뜨자 자리를 털고 일어났다.

"후암! 잘 잤다! 아줌마가 아침 식사도 준다고 했는데 얼른 가야지! 훈트의 맛없는 요리랑은 수준이 달라!"

랑스는 기대하는 얼굴로 방문을 열고 1층으로 내려갔다.

간단히 세면을 한 뒤, 카르얀도 식당으로 향했다.

어젯밤과 달리 몇몇 손님들이 식사를 하는 중이었다.

"어서 오렴! 너희 아침도 곧 내오마!"

주인아주머니가 말했다.

카르얀은 감사하다는 표시를 하고 랑스가 기다리고 있는 테이블에 가서 앉았다.

"지금쯤 아저씨들 일하고 있겠지?"

"그래, 밥 먹고 가 보자."

"응!"

"미리 말해 두겠는데, 나는 안 도와줄 거야."

"어? 왜?"

"이건 원래 네 일이었으니까. 난 안전을 위해 동행한 거지 네 일을 대신해 주려고 온 게 아니야."

"…응! 알았어! 내가 꼭 일자리 구할게!"

역시 훈트와 달리 랑스는 이해가 빨랐다.

카르얀은 랑스라면 충분히 해낼 수 있으리라고 믿었다.

식사는 따뜻한 스프와 베이컨, 콩, 계란 후라이, 빵이었다. 깔끔한 맛이었고 주인아주머니의 인심으로 양이 푸짐해 둘 모두 배불리 먹을 수 있었다.

잼을 발라 마지막 빵을 입에 넣은 뒤 주인아주머니에게 공사장의 정확한 위치를 물었다. 그녀는 약도까지 그려 주며 자세히 설명해 주었다. 어젯밤 길을 잃고 헤맸다는 말을 기억하기 때문이었다.

카르얀과 랑스는 밖으로 나왔다.

밝은 햇빛이 눈을 아프게 했다.

"가자, 저쪽이야."

카르얀은 랑스를 데리고 공사장으로 이동했다. 가는 길에 그를 알아본 마을 어른들이 알은체를 해 왔다.

알아보는 속도가 빨랐다.

4살 때 이후로 본 적이 없는 사람들인데 다들 자신을 기억하고 말을 걸어왔다. 그들 또한 누군가가 자신에 대해 묻고 다녔다는 말을 해 주었다.

"그런데 어제 찾아온 그 남자는 누구야? 너 어디서 원한이라도 산 거냐? 어린 녀석이……."

철물점의 아저씨가 말했다.

어제라, 그럼 아직 이 마을에 머물고 있을 가능성도 있다는 말?

카르얀은 기감을 확대했다. 수많은 이들의 기척이 느껴졌다.

특별히 자신을 주시하는 느낌은 받지 못했다.

'주변에는 없나.'

카르얀은 감각을 예민하게 유지하면서 랑스와 함께 발걸음을 옮겼다.

공사가 한창 진행 중인 마을 회관 건물이 모습을 드러냈다.

"저긴가?"

랑스는 잔뜩 긴장하여 전투적인 눈빛으로 공사장을 노려보았다.

카르얀은 피식 웃음이 나왔다.

"눈에 힘 빼고 평소처럼 해. 아마 받아 주실 거야."

일을 함께해 본 것만큼 큰 장점은 없다.

그들은 자신들이 나이는 어려도 일을 얼마나 잘하는지 알고 있다. 사적으로 자신들과 정이 들기도 했다. 그런데다 그들을 만나겠다고 성 밖까지 쫓아 나왔다.

십중팔구 허락할 거라고 예상하는 카르얀이었다.

"…이제부터 혼자 갈게! 소년 랑스! 소녀들의 마음을 훔쳤듯이 아저씨들의 마음도 훔치고 오겠어!"

"네가 언제 소녀들의 마음을 훔쳤더라?"

"…아직 어리니까 씨앗만 뿌려 놓은 거야. 나중에 크면 나한테 오게 되어 있어."

"부탁인데 저 아저씨들 마음은 당장 훔쳐 주라."

"알, 알았어… 후읍! 간다!"

"그래, 난 그동안 어머니 묘에 다녀올 테니. 점심때쯤 보자."

랑스는 결연한 얼굴로 보무당당하게 떠났다.

잘 해낼 것이다. 넉살 좋은 녀석이니까.

랑스를 보내고 카르얀은 발길을 돌렸다. 8년 동안 홀로 비바람을 맞고 지냈을 어머니를 뵈러 가기 위해서였다.

아저씨들을 설득하러 온 길이지만, 오길 잘했다. 이런 핑계가 아니었다면 언제 왔겠는가.

바쁘다는 이유로 5년이 지나고 10년이 지나도 오지 못했을 것이다.

마을 입구를 나와 구부러진 오솔길을 올라갔다. 우거진

나무들을 지나쳐 언덕 하나를 넘었다.

어머니의 묘는 다음에 나올 언덕의 중턱에 위치해 있다.

"응?"

먼발치서 무덤을 발견하고 시선을 던졌다.

어머니의 묘를 물끄러미 내려다보고 있는 한 남자가 있었다.

카르얀은 직감적으로 알았다. 저 남자가 마을에서 자신에 대해 캐묻고 다녔다는 그 남자임을.

순식간에 천류무흔보를 전개한 카르얀은 자리에서 흔적도 없이 사라졌다.

근처 나무 위로 올라가 그를 잠시간 더 관찰한 카르얀은 조심스럽게 접근을 시도했다. 나뭇가지를 밟고 나무를 옮겨가며 천천히 다가갔다.

얼굴이 식별 가능할 정도의 거리가 됐다.

평범하게 생긴 중년 남성이었다. 인상이 희미해 주의를 기울이지 않으면 기억하기 쉽지 않은 얼굴이었다.

카르얀은 그를 뚫어져라 쳐다보았다. 혹시 아는 이인가 싶었지만, 역시 모르는 사람이었다.

'…공작의 하수인인가.'

지척까지 다다르자 그로부터 풍기는 기운이 카르얀의 감각을 자극했다.

카르얀은 그의 실력을 시험하기 위해 일부러 살짝 인기척을 내보았다. 하지만 남자는 반응 없이 묘를 내려다보며 뭔가를 골똘히 생각하고 있었다.

카르얀은 상대가 자신보다 크게 나은 실력을 갖진 못했다는 사실을 방금 전의 반응으로 깨달았다.

이번에는 인기척을 좀 더 드러냈다.

남자는 상념에서 깨어나 이상한 눈으로 주변을 둘러보았지만, 그뿐이었다. 보이는 이가 없자 다시 고개는 원상 복귀되었다.

카르얀은 그 이상의 테스트는 하지 않았다.

타악!

나무 위에서 뛰어내렸다.

카르얀을 발견한 남자는 깜짝 놀라, 뒤로 세 걸음 물러난 뒤 품에서 단검을 뽑아 들었다.

잘 훈련받은 티가 나는 재빠른 동작이었다.

"넌 뭐냐!"

"그건 내가 물을 말인데?"

"…어린아이?"

카르얀의 실체를 확인한 남자는 어처구니없다는 표정이었다. 고작 어린아이가 자신이 이목을 농락하다니.

순간, 카르얀의 얼굴에 눈동자를 고정시킨 채로 남자는 안면 근육을 실룩였다.

"카르얀……?!"

"빙고, 맞췄으니 상품으로 주먹질과 발길질 혼합 선물 세트를 주지."

남자는 상관으로부터 받은 몽타주를 떠올렸다.

그곳에 저 아이와 똑같이 생긴 아이가 있었다.

"왜 이곳에!"

베네딕트 고아원에 있어야 할 녀석이 어째서 이곳에 있는가.

설마 자신들이 놈의 고향에서 뒤를 캐고 있다는 걸 알고 찾아오기라도 한 걸까? 만약 그렇다면 무서운 놈이다!

카르얀의 범상치 않은 무력에 대해서도 충분히 전해들은 그였기에, 그는 단검을 든 채 거리를 유지하려 안간힘을 쓰고 있었다.

"그런다고 천류무흔보를 피할 수 있을 거 같아?"

카르얀의 신형이 꺼지듯이 사라졌다.

동시에 남자는 단검을 카르얀이 서 있던 자리로 던지고 품에서 작은 피리 하나를 꺼내 길게 불었다.

삐이익—

"쳇, 동료가 있었나?"

파아앗!

카르얀은 쇄도해 들어갔다.

남자는 기겁하여 몸을 뒤로 눕혔다.

그의 허리 위로 카르얀의 발이 부웅 하는 소리를 내며 스치고 지나갔다.

남자는 간담이 서늘했다.

정보 단체 소속이라 검을 등한시하긴 했어도 그는 오러유저 상급의 실력자였다.

물론 대단하다고 하기에는 부족하다.

암흑기사단이 아니라 일반 기사단의 시험을 봤다면 턱걸이 수준에서 살짝 미끄러져 탈락할 그런 수준이니까.

그러나 적어도 열두 살짜리 애한테 이처럼 일방적으로 밀릴 실력은 결코 아니었다.

보통 아이와 차원이 다른, 상식을 깨는 괴물이라는 말을 들었지만 이 정도 능력일 줄은 꿈에도 몰랐다.

수식어가 과하지 않다.

말 그대로 괴물이다.

콰앙!

카르얀의 발이 떨어져 내렸다.

남자는 옆으로 몸을 날리며 겨우 피해 냈다.

그가 피한 자리에 굉음이 일고 움푹한 구덩이가 생겨났다.

'이, 이놈은 뭐야! 전설의 드래곤이냐! 무슨 열두 살이 이래!'

열두 살에 이런 실력이면, 서른두 살 쯤 되면 신도 때려잡겠다.

"네, 네놈은 정체가 뭐냐!"

"거 참, 우습군. 공작가에서는 정보 조사를 이런 식으로 하는가 보지? 대상에게 직접 물어서 말이야."

"…크윽!"

파아앗!

카르얀의 주먹이 남자의 뺨을 스쳤다.

피부가 찢어지고 한줄기 선혈이 흘러내렸다.

남자는 허겁지겁 팔을 들어 카르얀의 연이은 공격을 막아 냈다.

퍼억!

팔을 들어 올린 곳으로 정확히 발차기가 날아왔다.

체중의 우위가 있음에도 남자는 휘청하고 몸이 뒤로 밀리는 느낌이었다.

'…이 녀석! 몸만 빠른 게 아니야! 마나까지 운용하고 있어!'

공작의 지시를 떠나, 개인적으로도 이놈의 실체가 궁금해 미칠 지경이었다.

고아 주제에 마나 연공법은 어디서 배운 걸까.

그것도 이 어린 나이에 저 정도 힘을 발휘하게 하는 마나 연공법이라면, 결코 하찮은 것이 아닐 터.

오히려 베네딕트 공작가의 연공법보다 뛰어나다고 볼 수도 있다.

재능의 차이도 있겠지만 저 아이와 같은 나이인 노엘 J 베네딕트는 저런 속도와 힘을 흉내도 못 낼 테니까.

"커억!"

카르얀은 발을 허공에서 교묘히 꺾어 남자의 옆구리를 내리찍었다.

꽤 버틴다 싶던 남자는 급소에 일격을 얻어맞고 호흡이 엉망진창으로 흐트러졌다.

파앗!

카르얀의 주먹은 매섭게 남자의 목을 노렸다.

남자는 몸을 비틀어 피하려 했지만 한 번 무너진 호흡을 되살리기란 극히 어려웠다.

퍽!

목은 지켰으나, 송곳처럼 파고든 카르얀의 주먹에 그만 쇄골 뼈가 부러지고 말았다.

"으악!"

뒤로 주춤주춤 물러난 남자는 이를 꽉 물고 자세를 추스르려 했다.

그 광경을 두고 볼 카르얀이 아니었다.

카르얀의 작은 몸이 비호처럼 그를 덮쳤다.

순간, 어디선가 예리한 비도 한 자루가 날아왔다.

카르얀은 쇄도를 멈추고 몸을 회전시키며 발등으로 암기를 차 냈다.

놀랍도록 경쾌한 수법이었다.

암기는 날아온 장소로 일직선으로 뻗어 갔다.

"헉!"

무덤 근처의 수풀 속에서 검은 인형이 불쑥 뛰쳐나와 땅 위를 굴렀다.

빠른 회피에도 불구하고 남자의 옷자락은 길게 갈라져 있었다.

카르얀은 주변을 둘러보며 말했다.

"왔으면 나오지 왜 숨어 있어, 다 나와."

동료가 일방적으로 밀리는 모습을 보고 암습을 노리던 암흑기사단원들은 자신들의 은신이 들켰음을 깨닫고 별수 없이 몸을 일으켰다.

쇄골이 부러진 녀석과 비도를 던진 녀석을 포함해 수는 총 다섯이었다.

오러 유저 상급이 둘, 오러 익스퍼트 하급이 셋이었다.

실력이 좋은 세 녀석이 문제였다.

합공을 취하면 이기긴 이겨도 시간이 꽤 걸릴 듯했다.

카르얀이 그들의 실력을 가늠하고 공격 자세를 갖추는데 무리의 리더로 보이는 남자가 손을 들고 외쳤다.

"잠깐!"

막 달려 나가려던 카르얀은 의아한 눈으로 그를 보았다.

"뭐냐?"

"우릴 왜 공격하는 거지?"

카르얀은 웃었다.

"하하, 왜 이래. 시치미 떼지 말자고. 다 알고 있으니까."

"…뭘 말이냐?"

"네놈들이 공작의 하수인이고 내 뒤를 캐고 있다는 사실 말이야."

"……."

"틀렸나? 그럼 반박해 보도록."

무력만이 아니었다.

사고력도 열두 살 아이보다 한참 위였다.

말투와 분위기까지 포함해 어느 한 구석 아이다운 면이 없어 오싹하기까지 하다.

이런저런 말들로 속여 넘기려던 그는 단도직입적인 카르얀의 말에 입을 다물고 말았다.

"좋은 의도로 뒷조사를 한 건 아닐 테지. 호의를 가졌다면 불러 놓고 대화를 통해 물어볼 수도 있었을 거야."

"……."

"그런데 공작은 그러지 않는군. 난 그저 조용히 살고플 뿐인데, 왜 자극하는 거지?"

"……."

"너희는 뭘 하려 했나. 내 어머니의 묘에서 뭘 알아보려 한 거냐. 무덤을 파헤쳐 보기라도 할 작정이었나?"

"그렇게까지 할 의도는……."

"없었다? 내가 네놈들 말을 믿어야 할까?"

낮은 목소리로 말하던 카르얀이 일순간 살기 어린 음성을 뱉었다.

"무덤에 손을 댈 계획이었다면, 그 전에 내게 발각된 걸 감사히 여겨라. 너희가 살아 있는 유일한 이유니까."

"우리는 그럴 의도로 온 게 아니다!"

"그럼 어떤 의도로 온 거지?"

"…알아보기 위함이다. 너란 녀석에 대해."

"아직 적은 아니다?"

"우리는 조사 임무만 받았다."

"하수인들에게는 그럴 수도 있겠지. 하지만 공작은 확신이 서지 않았을 뿐, 나를 적이 될 거라 예상하고 있는 거 같은데? 그러니 고아원에 지원을 끊은 거겠지."

"…공작님의 심중까지는 모른다."

"주인의 마음을 모른다니, 유능한 개는 아닌 모양이로군."

"크윽……."

카르얀의 신랄한 말에 암흑기사단원들의 얼굴이 붉어졌다.

"돌아가서 전해."

카르얀은 공작의 처사에 화가 났지만, 고아원의 아이들을 생각해 참았다. 자존심도 한 번 접어 주기로 했다.

"나는 공작님과 적이 될 생각이 없다고. 아이린과도 만나지 않겠다고. 그러니 제발 날 내버려 두라고… 전해라."

"…알겠다."

카르얀은 떠나는 그들의 뒷모습을 보며, 전하지 않은 한마디를 홀로 나직이 중얼거렸다.

"이렇게까지 양보해 줬는데도 우리에게 해를 끼치면… 그땐 정말 죽여 버리겠다. 공작."

❖

머릿속이 복잡한 카르얀과 달리 랑스는 돌아가는 내내 싱글벙글이었다.

"헤헤!"

일자리를 구했다. 아저씨들은 자신을 반갑게 맞아 주었고 고아원의 사정을 듣고는 필요한 일이 있을 때마다 부르겠다고 약속했다.

공사가 늘 있는 게 아니기에 꾸준한 수입이나 큰 수입을 기대하기는 어렵겠지만, 이로써 고아원의 재정난도 어느 정도는 해소가 될 것이다.

"잘했다."

카르얀은 랑스를 칭찬해 주었다.

랑스는 자랑스럽다는 듯이 어깨를 쭉 펴고 길을 걸었다.

이번에는 헤매지 않고 온 덕에 갈 때보다 빨리 성문에 도착했다.

여전히 성문에는 사람들이 바글바글했다.

"우와! 여전하네!"

랑스는 질린 표정이었다. 카르얀도 마찬가지였다.

"…또 열 시간 기다리게 생겼군."

탄식이 절로 나왔다.

그때, 랑스가 묘한 미소를 입에 베어 문 채 손가락을 까딱까딱 흔들었다.

"후후, 카르얀. 놀라지 마."

"…응?"

"내가… 엄청난 방법을 알아왔어!"

자신만만하게 외치는 랑스.

"무슨 방법?"

"우리 성문을 빨리 통과할 수 있어! 아저씨들한테 들었는데 번호표 안 뽑고 검색대의 병사들한테 뇌물을 주면, 다음 번호 사람들하고 일행인 것처럼 해서 통과시켜 준대!"

"…아, 그래서 4살 때는 금방 성으로 들어갔구나."

켈더가 뇌물을 줬던 거다.

그때는 사정을 잘 몰라서 통행료를 내는 줄로만 알았다.

"어때! 어때! 이제 안 기다려도 돼! 헤헤!"

카르얀은 으쓱해하는 랑스를 물끄러미 바라보다 찬물을

끼얹었다.

"그만한 돈 있어?"

"…응? 그러니까… 어?"

지니고 있는 돈을 계산해 보니 아저씨들이 알려 준 액수
에 턱없이 모자란다.

"…어? 어라?"

"부족해?"

"으응……."

"…그럼 얼른 가서 번호표 받아 와."

"……."

랑스는 번개처럼 뛰어갔다.

이번에는 일곱 시간을 소비했다.

병사들이 요구하는 뇌물은 그리 큰 액수가 아니었다. 그럼
에도 그들은 돈이 부족해 돈 대신 시간을 지불해야만 했다.

"…성문 통과하는 게 수련보다 더 힘든 거 같아!"

랑스의 엄살에 카르얀은 고개를 끄덕였다.

"동감이다."

아무 것도 하지 않았는데 둘은 완전히 녹초가 되어 있었다.

기다림이란 그만큼 힘든 것이었다.

어두워지고 나서야 고아원 정문에 다다를 수 있었다.

"대장! 랑스 형!"

정문 수위실 앞에서 앉았다 일어났다를 반복하며 다리를 단련하고 있던 아홉 살 남자 아이가 그들을 발견하고 달려 왔다.

"별일 없었어?"

"응!"

카르얀은 녀석의 머리를 쓰다듬어 주고 안으로 들어갔다.

그들이 돌아왔다는 소문은 금세 퍼졌고 아이들은 우르르 몰려나와 자신의 선물을 사왔느냐며 물었다.

"야! 선물 살 돈이 어디 있어! 그 돈 있었으면 성문에서 나랑 카르얀이 그 고생을 했겠냐!"

랑스는 피로감이 몰려왔는지 버럭 화를 냈다.

"에이… 기대했는데……."

아이들은 실망했다.

카르얀은 다녀온 일에 대해서 짤막하게 아이들에게 설명 을 해 주었다.

일자리가 생겼다는 말을 듣고 아이들은 환호성을 내질렀 다. 그리고 직접 일을 해야 할 열 살 이상의 아이들은 주먹 을 불끈 쥐고 열심히 하겠다며 의지를 다졌다.

늦은 저녁 식사를 하고 판과 훈트, 랑스를 방으로 불렀다.

"보고해 봐."

판은 카르얀이 자리를 비운 사이 일어난 일들에 대해 이 야기했다.

별다른 일은 없었다. 평소와 같은 날들이 이틀 동안 이어 졌을 뿐이다.

아이들만 두고 고아원을 비운 게 처음이라, 내심 걱정이 됐는데 이야기를 듣고 나니 안심이 됐다.

앞으로 종종 밖에 나가야 할지도 모른다. 조금씩 이런 상황에 익숙해져야 할 필요가 있을 듯싶다.

"훈트. 수련은 어땠어?"

훈트 역시 자신의 감독에서 벗어나 혼자 아이들을 가르친 적은 처음이었다.

훈트는 상기된 얼굴로 떠들어 댔다. 가볍게 다친 아이들이 있다고 했지만, 수련을 열심히 하다 보면 부상은 일상다반사다.

이쪽도 걱정을 덜었다.

전보다 신뢰가 깊어진 카르얀이었다.

그는 보고를 끝까지 들은 뒤, 진지한 얼굴로 아이들에게 말했다.

"잘했어. 계속 이런 식으로 해 나도록 해. 그럼 아무 문제 없을 거야."

수련을 맡은 훈트와 살림을 책임지는 판, 공사 일을 따내온 랑스 모두 한결 자신감이 붙은 얼굴로 고개를 끄덕였다.

카르얀은 말을 이었다.

"나도 놀고 있을 수만은 없지. 내일부터는 일을 하러 나갈 거야."

랑스가 물었다.

"무슨 일을 하려고?"

자신들이 공사 일을 돕는 정도로는 자금이 충분치 못하다는 걸 들어 알고 있는 터였다.

세 친구들은 궁금증이 가득한 눈으로 카르얀을 바라보았다.

카르얀은 대답해 주었다.

"용병이 될 거야."

"뭐?!"

그들은 깜짝 놀랐다.

용병이라니!

목숨을 걸어야 하는 일이 아닌가!

"잘, 잘못하면 죽잖아!"

훈트는 새파랗게 질린 얼굴로 카르얀을 만류했다. 랑스도 그런 훈트를 도와 카르얀의 팔을 붙잡았다.

"그래! 아무리 돈이 궁해도 우리 때문에 그런 위험한 일을 할 필요는 없어! 우리가 더 열심히 일할게!"

카르얀은 씨익 웃었다.

"꼭 돈 때문에 하겠다는 건 아니야, 원래부터 생각하고 있었어. 내게는 보다 많은 실전 경험이 필요하거든."

실력을 갈고 닦는 데는 경험이 매우 중요하다.

전생에서 할아버지와 수차례에 걸친 대련을 통해, 많은

경험을 쌓았지만 정말로 피가 튀고 살이 튀는 그런 전투는 경험해 보지 못했다.

그리고 전생의 경험 또한 자신의 영혼이 지닌 것이지, 육체는 기억하지 못하고 있다. 감각을 일깨우고 높은 경지로 빠르게 나아가기 위해서는 많은 실전을 치러야만 한다고 여기는 그였다.

본래는 열다섯 살이 되면 시작하려 했지만, 사정이 어려우니 3년 앞당겨 시작하기로 했다.

"그, 그래도 너무 위험한데……."

아이들은 여전히 걱정스런 눈빛이었다.

그런 그들에게 카르얀은 쐐기를 박았다.

"위험을 겪지 않고 강해지고 싶어 한다면, 그건 도둑놈이지. 안 그래?"

"……."

"기억나? 내 꿈이 뭔지."

아이들은 고개를 끄덕였다.

"응, 천하제일인."

"그래, 세상에서 가장 강한 사람이 되는 게 내 꿈이야. 그런데 싸움을 두려워해서 어떻게 꿈을 이루겠어."

카르얀은 밝게 빛나는 눈으로 세 친구의 얼굴을 바라보며 당당하게 말했다.

"난 세상의 무엇도 두려워하지 않을 거야. 모두 이기고 나아갈 거야. 그래서 누구보다도 강해질 거야."

훈트, 랑스, 판은 카르얀의 눈을 본 순간, 마음속에서 거센 불길이 일어나는 느낌을 받았다.

"…나, 나도 강해지고 싶어! 그래서 동생들을 지켜 주고 싶어!"

훈트는 외쳤다.

자신의 솔직한 마음이었다.

"싸움과 죽음을 두려워해서는 안 돼. 할 수 있겠어?"

랑스가 훈트를 대신해 먼저 대답했다.

"…동생들을 못 지키는 게 더 무섭잖아."

그 대답이 마음에 들었는지 카르얀은 입가에 미소를 머금었다.

판도 말은 하지 않았지만, 눈으로 자신의 의지를 표출하고 있었다.

세 아이들을 본 카르얀은 만족스럽다는 어조로 입을 열었다.

"내가 가르쳐 준 대로 열심히 수련해. 절대 쉽게 죽지 않을 테니까. 같이 강해져서… 우리 스스로, 우리를 지켜내자."

"알았어!"

대답 소리가 우렁차게 방을 울렸다.

❖

베네딕트 공작은 자신의 관자놀이를 꾹꾹 눌렀다.

얼마 전부터 두통이 심해졌다.

카르얀이라는 그 아이를 발견한 후부터, 머리가 개운한 날이 없는 느낌이었다.

집무실 책상 맞은편에서 자신의 명령을 기다리고 있는 암흑기사단장에게 잠시 눈길을 준 공작은 들으라는 듯이 크게 한숨을 한 번 내쉬었다.

"…자네 부하들의 실력이 어떻다고?"

"송구스럽게도… 익스퍼트 하급 셋, 유저 상급 둘이었습니다."

만만찮은 전력이다.

일개 마을을 조사하러 간 인원치고는 꽤나 호화스러울 정도였다. 그런데 문제는, 그럼에도 망신을 당하고 돌아왔다는 점이다.

"믿기 힘들군. 자네가 거짓말을 하는 건 아닐 테고."

"결코 아닙니다."

"그럼 자네 부하들이 자신들의 실책을 감추기 위해 거짓을 말한 게 아닐까."

"……."

단장은 곧장 대답하지 못했다.

자신의 부하들을 철석같이 믿는 그였지만, 아니라고 부정하기에는 그들의 보고가 너무 터무니없었던 까닭이다.

"고작 열두 살이야. 그런데 유저 상급의 기사가 부상을 입고 비슷하거나 더 나은 실력의 기사가 넷이나 더 있었는데도 꼬리를 말고 도망 왔다고? 그 말을 믿으라는 건가?"

"······."

"차라리 경거망동할 수 없어 일단 철수한 거라고 하면 내 믿겠네만··· 전력이 부족해 퇴각했다니··· 쯧쯧. 대체 뭐가 진실인지 모르겠군."

총관이 데려간 호위기사 한 명도 그에게 망신을 당한 전례가 있었다.

그때만 해도 그의 방심을 탓하며 우연이라 치부했다. 물론 놈의 실력이 범상치 않다는 건 확실하나, 기사를 꺾을 실력이라고 누가 감히 상상했겠는가.

그런데 참으로 가관이다.

암흑기사단의 기사 다섯이 애 하나를 어쩌지 못해 임무지에서 철수했다니.

"···아마 거짓 보고를 올린 건 아니라고 사료됩니다."

생각을 정리한 단장은 입장을 확실히 표명했다.

공작은 그런 그를 유심히 바라보다 물었다.

"그 말을 믿어도 되겠는가?"

"···네."

"자네 목을 걸 수도 있다는 뜻이겠지?"

"그렇습니다."

거짓 보고는 암흑기사단이 가장 배척하는 행위였다.

현실성이 떨어지긴 해도 보고는 분명 진실이리라.

단장은 부하들을 믿기로 했다.

공작도 그런 단장의 태도에 생각을 달리하기로 했다.

"…그래, 믿도록 하지. 내 예상대로 그곳 출신이라면… 대단한 마나 연공법을 하나쯤 빼돌렸을 가능성도 충분하니까. 재능이 특출나니 금세 익혔을 테고… 상식으로는 이해가 안 되도, 가능은 해."

단장은 조심스럽게 물었다.

"공작님, 그곳이 대체 어디인지… 추측하고 계시는 바를 말씀해 주시면 조사에 큰 도움이……."

"그만! 만에 하나 그 아이가 내가 추측하는 아이가 아닐 경우에는, 너희 모두를 죽여야 한다. 그래도 이야기를 듣고 싶으냐?"

"…아닙니다. 제가 실언했습니다."

"그래, 말했잖느냐. 시간이 얼마가 걸리든 좋다. 내게 필요한 건 완벽한 확신이야. 너흰 그걸 가져다주면 돼."

"충!"

"임무에 실패한 부하들에게 근신 처분을 내리고 익스퍼트 하급의 기사 열 명을 세뮤 마을로 파견하도록 해라."

"알겠습니다."

단장은 오러 마스터인 베네딕트 공작이 뿜는 기세에 압도당해 돌덩이처럼 굳은 얼굴로 집무실을 나갔다.

집무실에 홀로 남은 공작은 손으로 자신의 턱을 매만지며 두 눈을 꽉 감았다.

긴 탄식이 흘러나왔고 그 뒤로 공작의 묵직한 음성이 이어졌다.

"…카르얀, 나 또한 너와 적이 되고 싶지 않구나. 죄 없는 어린아이를 핍박하고픈 마음 역시 없다. 그러나… 네가 그 아이라면, 네 의사 따위는 묻지 않고 세상 모두가 너를 이용하려 들 것이다. 어차피 그럴 운명… 그 운명을 내게 다오."

공작은 착잡한 심정이었다.

아이린은 그날 이후, 다시 웃음을 잃었다. 방에 틀어박혀 매일 울고만 있다.

엄마의 품을 모르고 큰 딸이, 마음 깊이 괴로워하는 모습은 공작의 부성(父性)을 자극했다.

그러나… 여전히 부성보다는 야망이 더 큰 그였다.

제4장
베네딕트 용병 길드

베네딕트 용병 길드는 슬럼가의 한복판에 자리하고 있었다.

옛날에 잡혀갈 뻔했던 인신매매단의 아지트와 불과 한 블록 떨어진 곳이었다.

슬럼가 특유의 냄새가 카르얀의 코를 자극했다.

"왜 이런 곳에 지어 놓은 거야? 좀 좋은 데다 만들어 놓을 것이지."

카르얀은 불평했다.

거리를 뒤덮고 있는 쓰레기들 사이로 누가 저질렀는지 모를 토사물들이 곳곳에 지뢰처럼 쌓여 있었다.

자연스레 눈살이 찌푸려졌다.

그 거리 위로는 옷을 반쯤 벗고 가슴을 훤히 드러내 놓은 여자들이 근육질 남자들을 하나씩 끼고 교소를 터뜨리며 오가고 있었다.

"…애들이 올 만한 곳이 아니로군."

아이들에게도 수련의 일환으로 열다섯쯤 되면 용병 일을 도우라고 시킬까 했는데, 고민을 더 해 봐야겠다. 이런 퇴폐적인 풍경이라니.

"용병들은 이런 환경을 좋아하는 건가?"

좋아할 리가 없다.

그들이라고 왜 사람들 앞에 당당하게 나서 인정받고 싶은 마음이 없겠는가.

물론 유흥을 즐기고 퇴폐적인 밤 문화를 사랑하는 용병들도 있긴 하나, 그들 또한 밝은 세계를 동경했다.

피를 부르고 피를 찾아다니는 용병들은 일반 사람들에게는 배척받기 마련이라 어쩔 수 없이 슬럼가의 무리들과 어울려 살아야만 하는 것이다.

명예로운 기사들과 달리 돈을 위해 검과 목숨을 파는 용병들은 천대 받는 시대였다.

그리고 한 번 용병 길드에 적을 올리고 나면, 그 뒤 아무리 실력이 높아져도 기사가 되기란 하늘의 별 따기였다.

용병 일을 했다는 출신 성분이 문제가 되기 때문이었다. 그만큼 용병들은 세상의 무시와 편견 속에서 살아가고 있었다.

그런 용병들의 세계로 지금 카르얀은 발을 내딛었다.

베네딕트 용병 길드라는 팻말이 적힌 건물 안으로 들어간 카르얀은 자욱한 담배 연기로 인해 일순간 숨이 막히는 경험을 했다.

"…이거 지독하군."

카르얀은 무의식적으로 손을 몇 번 휘젓고 내부를 둘러보았다.

겉보기에는 평범한 술집 같았다.

테이블마다 험상궂게 생긴 근육질의 남자들이 앉아 술을 들이키는 중이었다.

30대 초반의 바텐더는 그들의 주문을 받아 술을 섞고 있었다.

들어서는 카르얀을 발견하고 한 용병이 겁을 주려는 듯이 목청을 키웠다.

"어이! 넌 뭐야! 집 나간 아빠라도 찾아왔나? 제법 곱상한데! 흐흐!"

그가 외치자 주변의 용병들도 카르얀에게로 시선을 던졌다.

"누구 애야? 빨리 데리고 나가! 난 저런 약해빠진 얼굴을 보면 확 패 주고 싶어진다고!"

"큭큭! 아서라! 의뢰인일지도 모르잖아!"

"부잣집 도련님 같은데 직접 와서 의뢰를 한단 말이야? 꽤 간이 큰데? 돌아가다 무슨 짓을 당할 줄 알고! 크크크!"

카르얀은 자신을 두고 떠드는 그들과 눈을 마주쳤다.

그러자 맨 처음 자신을 발견한 그 용병이 조소 가득한 표정으로 입을 열었다.

"휘이! 가서 엄마 젖이나 빨아라! 꼬마야! 어린애들이 올 데가 아니니까!"

같은 패거리로 보이는 녀석들도 한마디씩 뱉었다.

"아! 부럽다! 나도 엄마 젖 좀 빨고 싶은데! 꼬마야! 너 다 빨고 나면 아저씨한테 엄마 좀 빌려 주지 않으련? 푸하하!"

"큭큭! 네 다음은 내 차례야! 잠깐… 꼬마야! 네 엄마 예쁘냐? 아니, 너를 보니 얼굴은 반반하겠구나. 가슴은 어때? 빵빵하냐? 우하하!"

원래 용병들의 대화는 술을 베이스로 깔고 8할의 음담패설과 2할의 도박 얘기로 이루어진다.

그들은 늘 하는 이야기들을 했을 뿐인 거다.

그러나 오늘은 상대가 나빴다.

카르얀은 자신을 두고 하는 비아냥거림은 봐줄 수 있었지만, 어머니를 두고 음담패설을 하는 것은 결코 넘어가 줄 마음이 없었다.

고개를 푹 숙이고 있는 카르얀을 보고 겁을 먹었다고 생각한 용병들은 배를 움켜잡고 웃어 댔다.

"크하하! 어이! 꼬마야! 장난이다! 장난! 아무렴 우리가 네 엄마를 덮치기라도 하겠냐! 물론 그럼 우리야 좋지만… 네 엄마의 동의 없이 그런 짓을 하지는 않는다고! 하하하! 그러니까 동의하게끔 네가 설득을 잘……."

쥐락펴락하며 카르얀을 놀리는 그들이었다.

그 순간, 카르얀이 고개를 들었다.

놀랍게도 카르얀은 웃고 있었다.

그러나 흉흉하게 빛나는 두 눈은 그가 즐거워서 웃는 게 절대 아니라는 사실을 알게 해 줬다.

카르얀은 음담패설로 계속해서 자신을 농락하고 있는 그들에게 천천히 다가갔다.

카르얀이 다가오는 걸 보면서도 그들은 웃음을 멈추지 않았다.

"어이! 뭐야! 꼬마! 화라도 난 거냐?"

"오호라! 제법 강단이 있는데! 큭큭!"

"그래! 와라! 와서 소리쳐! 흑흑! '아저씨들 우리 엄마 가지고 뭐라 하지 마요!' 하고 말이야! 그럼 우리가 그만 놀리……."

카르얀은 그들이 뭐라고 떠들든 한 귀로 듣고 흘리면서, 조용히 검지손가락을 자신의 입에 가져다 댔다.

그 차분한 모습에 그를 놀리던 용병들과 그 광경을 웃으면서 지켜보던 주변의 용병들은 자신도 모르게 말소리를 멈추었다.

마치 마법처럼, 카르얀의 주변으로 침묵의 눈이 내렸다.

순식간에 찾아든 그 고요함 속에서 카르얀의 작은 목소리만이 울림을 담고 흘러나왔다.

"내 어머니는 죽었어."

싸늘한 바람이 불었다.

창문이 닫혀 있음에도 한줄기 찬바람은 용병들의 사이사이를 헤집고 그들의 몸속으로 스며들었다.

어쩐지 으스스한 느낌이 들어 카르얀을 놀린 용병들은 몸을 살짝 떨었다.

"…크, 크흠."

제일 처음 음담패설을 시작한 용병이 머쓱하게 뒷머리를 긁적였다.

"그, 그러냐? 안 됐구나. 아까 한 말은… 취소하마. 우리가 쬐끔 심했다."

그는 여전히 건방진 태도였으나 미안하다는 듯한 제스처를 취했다.

그러나 카르얀은 사과를 받아 줄 생각이 없었다.

아무 말이나 막 뱉어 놓고 취소라는 말 한마디로 끝낼 셈인가?

카르얀은 입을 뗐다.

"괜찮아, 취소하지 마. 그럼 나도 지금부터 날리려는 이 주먹을 취소해야 하잖아. 난 그러기 싫거든."

"…응?"

용병은 자신의 귀를 의심했다.

무슨 말을 들은 거지? 뭘 날린다고?

'내가 들은 그 단어가 설마 주먹은 아니겠지? 하하하. 설마 그럴 리가.'

설마가 사람을 잡는다.

파앗!

날아왔다.

솜사탕처럼 작은 소년의 주먹이.

그는 어처구니없는 상황 앞에서 헛웃음을 삼키며, 그대로 주먹을 눈뜨고 보고 있었다. 저런 솜사탕 같은 주먹에 맞아봤자 얼마나 아프겠는가. 그렇게 생각하였기에 피할 의지조차 내비치지 않았다.

하나 결과는 참혹했다.

퍼어억!!

"크악!!"

카르얀의 주먹이 남자의 큰 머리통을 비스듬히 내리쳤다.

남자의 머리는 눈 깜짝할 사이 테이블을 부수고 땅바닥과 인사한 뒤 다시 공중으로 튀어 올랐다.

아니, 사람의 두개골이 공도 아닐진데 이렇게 높게 튀어

오를 수 있단 말인가.

모든 이들이 눈치채지 못했지만, 남자가 땅에 머리를 박으려는 순간 카르얀의 발이 슬쩍 움직여 발등으로 머리를 올려 찼기 때문에 벌어진 일이었다.

연속으로 두 대를 얻어맞고 떠오른 남자의 머리를 카르얀은 양 손바닥을 활짝 편 채 기다리고 있었다.

남자의 눈에 악마처럼 미소 짓고 있는 소년의 얼굴이 들어왔다.

'흐억! 이, 이런 괴물이……'

쌍 싸대기가 날아왔다.

철썩!!

"쿠억!!"

두 뺨에 손바닥 모양의 선명한 화인이 새겨졌다.

철썩!!

화인은 더욱 진해졌다.

철썩!!

화인은 더더욱 진해졌다.

이제는 본래 그런 얼굴이었다고 해도 믿겠다.

손바닥 무늬로 화장을 한 남자는 흐느적거리며 허물어졌다.

털썩.

남자가 쓰러지자 길드 내의 용병들은 충격에 빠졌다.

쓰러진 자는 오러 유저 하급의 C급 용병이었다.

오러를 전혀 쓰지 못하는 D급 이하의 용병들이 수두룩하다는 점을 감안해 보면 힘깨나 쓰는 실력자로 봐도 무방하다.

그런 그가 반항 한 번 못하고 어린아이에게 무참히 당했다.

카르얀을 보는 용병들의 시선은 전과 사뭇 달라져 있었다.

"…대단하군요!"

누군가 나서 외쳤다.

아까 열심히 칵테일을 만들고 있던 30대 초반의 바텐더였다.

콧수염을 멋들어지게 기른 그는 진정 감탄했다는 눈빛으로 박수를 쳤다.

짝짝짝.

이어 그는 정중한 어투로 물었다.

"어디서 오신 분입니까? 우리 길드에 의뢰하실 일이 있으신가요?"

그의 이름은 덴.

베네딕트 용병 길드의 부길드 마스터직을 맡고 있는 사내였다.

그는 카르얀의 수려한 외모와 어린 나이라고는 믿기 힘든 뛰어난 실력을 보고 의뢰를 하러 온 귀족 자제라고 판단했다.

카르얀은 대답을 해 주지 않고 손을 들어 올려 그의 개입을 제지했다.

손바닥을 펴 보여 그를 막은 후, 검지손가락을 입에 갖다대 조용히 있으라는 의사를 명확히 전달해 주었다.

소란을 수습하려는 덴의 시도는 실패로 돌아갔다.

카르얀은 그의 질문에 대답하는 대신 아까 음담패설에 동참한 다른 용병 녀석들을 불러냈다.

"너하고 너, 그리고 너. 나와."

지목받은 용병들은 어안이 벙벙한 얼굴들이었다.

방금 전까지 함께 웃고 떠들던 동료는 두 뺨을 새색시보다 빨갛게 물들이고 바닥에 널브러져 있었다. 자신들 역시 그런 꼴이 되지 말라는 법은 없다.

어린아이라고 얕봤는데, 마나 연공법을 익힌 모양이다.

완전히 잘못 건드렸다.

"…용병 길드에서 용병들에게 행패를 부리겠다는 거냐?"

교묘히 자신들의 일을, 용병들 전체의 일로 확산시키려는 한 녀석의 수작에 카르얀은 비웃음을 흘렸다.

"아니, 너랑 너랑 너한테만 행패를 부리겠다는 건데?"

카르얀은 주먹을 우두둑거리며 세 녀석에게 다가갔다.

놈들이 나오지 않겠다면 자신이 가면 된다.

덴은 일이 커지려 하자 싱글벙글 웃는 낯짝으로 그들 사이로 뛰어들었다.

"하하하! 괜한 싸움으로 서로 기운을 빼기보다는 이쯤에서 화해를 하고 길드 내의 평화를 되찾는 게 어떻겠습니까?"

파앗!

"어?"

덴의 눈앞에서 카르얀의 신형이 흐릿하게 변한다 싶더니 순식간에 자취를 감추었다.

스스로 오러 유저 상급의 강자라고 자부하던 덴은 혼란에 빠졌다.

퍼어억!

등 뒤에서 묵직한 타격음이 울렸다.

덴은 놀란 눈으로 몸을 돌렸다.

어떻게 자신을 지나쳐 갔는지 짐작조차 못하겠다.

카르얀은 어느새 자신의 뒤로 돌아가 세 명의 용병들을 신나게 구타하고 있었다.

퍼억! 퍼어억!

한순간에 자신을 허수아비로 만들어 버린 소년의 실력에 덴은 일말의 두려움까지 일었다.

'…저 나이에 이런 실력이라니! 필시 명문가의 자제일 터… 대체 어느 가문에서 키워 낸 거지? 혹시 노엘 J 베네

딕트?'

카르얀을 두고 베네딕트 공작가의 아들이 아닌가 의심하는 덴이었다.

바람과 같은 몸놀림, 패도적인 손길, 때린 곳을 기본으로 두세 번 더 연타하는 독심.

"대, 대체… 어느 가문의 분이십니까?!"

용병 셋을 난타하고 후련하게 기지개를 펴고 있던 카르얀은 그제야 덴의 질문에 대답해 줄 여유가 생겼다.

카르얀은 어깨를 으쓱해 보이고는 고개를 갸웃거렸다.

"가문? 음… 베네딕트 고아 가문이라고 해야 하나?"

"고아… 가문…?"

카르얀은 손을 탁탁 털고 스트레스가 풀린 상쾌한 얼굴로 입을 열었다.

"베네딕트 고아원의 카르얀이라고 하는데, 용병이 되려고 왔습니다."

"…고, 고아?!"

"네."

"고아가 어떻게 그런 실력을?!"

"부모 없이 세상살이 하려면 이 정도는 기본이죠."

"허……!"

덴은 카르얀이 일부러 신분을 숨기려 한다고 생각했다. 그게 아니라면, 이런 말도 안 되는 거짓말을 할 리가 없을 테니까.

진실을 말했음에도 믿지 못하는 덴이었다.

"…좋습니다. 용병이 되고자 찾아온 이에게 신분과 과거를 캐묻는 것만큼 실례되는 일도 없으니, 거짓말에 속아드리지요."

"거짓말 아닌데요."

"하하, 네. 알겠습니다. 아닌 걸로 해 두지요."

"…마음대로 생각하세요."

카르얀은 덴의 고집에 백기를 들었다.

웅성대는 용병들을 두고 덴을 따라 건물 뒤편으로 나갔다.

그곳에서 잠시 기다리라고 말한 덴은 길드 마스터를 부르러 2층으로 올라갔다.

보통은 자신이 테스트하고 용병패를 내주지만, 카르얀의 실력이 자신보다 위라고 여겨졌기에 정확한 테스트를 위해 마스터를 찾아간 것이다.

공터에서 하늘의 구름을 올려다보며 무료함을 달래고 있는데, 덴이 덩치가 산만 한 남자를 데리고 나타났다.

"저 아이냐?"

"네, 마스터."

마스터라고 불린 남자는 엄청난 근육으로 온몸을 뒤덮고 있었다.

외공에 대단한 조예가 있는 게 틀림없었다.

카르얀의 눈에도 감탄의 기색이 스쳤다.

"나는 베네딕트 용병 길드의 마스터 하크다. 실력은 오러 익스퍼트 상급. 흐음, 믿기지는 않지만 덴 말로는 네가 놀랍도록 강하다고 하니 내가 직접 테스트 해 주마."

하크가 공터 중앙으로 걸어왔다.

카르얀도 그의 마나량이 자신보다 많다는 걸 느끼고 신중히 자세를 취했다.

아까까지 술을 들이켜고 있던 용병들은 괴물 같은 열두 살 소년의 테스트를 구경하고자 어느새 건물 밖으로 우르르 몰려나와 있었다.

"저 소년이 얼마나 버틸까?"

한 용병이 목청을 높였다.

"나는 3분!"

"1분 30초!"

"5분 간다!"

내기 판이 벌어졌다. 용병들은 제일 처음 말을 꺼낸 남자를 중심으로 자연스럽게 돈을 걸었다.

"나는 무승부에 건다! 어리다고 무시하지 말라고! 지난번에 라비나를 봐! 그 여자 애도 열두 살이었는데, 하크를 상대로 10분이나 버텼어!"

"에이! 라비나는 마법사였잖아! 원래 하크는 마법사들한테 약해!"

"그런가? 그래도 좀 전에 술집에서의 움직임은 정말 엄청 났어! 전혀 안 보였다니까!"

"그건 네가 실력이 떨어져서 그런 거 아니야? 낄낄낄! 나는 하크가 저 꼬마를 1분 안에 피떡으로 만든다는데 건 다!"

용병들은 하크를 연호하는 이들과 카르얀을 응원하는 이들로 나뉘었다.

하크의 이름을 연호하는 쪽이 두 배 가량 많았다.

"시끄러운 소리는 신경 쓰지 말고 공격해 봐라. 이건 테스트일 뿐이야. 내가 널 진심으로 상대하진 않을 테니 걱정은 말거라."

하크는 카르얀이 주변의 소리에 긴장해 실력을 제대로 펼치지 못할까 봐 조언을 해 주었다.

그러나 쓸데없는 걱정이었다.

오히려 진심으로 상대하지 않겠다는 말이 카르얀을 자극했다.

"익스퍼트 상급이라……."

경비대 총대장과 비슷하다는 뜻이다.

그러나 카르얀의 생각은 달랐다.

총대장은 상급 중에서도 오러 나이트로 넘어가기 직전의 막바지 단계였고 하크는 갓 상급에 진입한 수준이었다.

한마디로 하크는 해 볼 만한 상대였다.

카르얀은 천천히 숨을 들이쉬고 내력을 끌어 올린 후 화살처럼 튕겨져 나갔다.

파앗!

그야말로 빛의 속도!

하크는 눈을 부릅뜨고 양팔을 가슴 앞에 교차시켰다.

콰앙!

카르얀의 주먹이 닿자 공기가 터지는 소리가 났다.

귀를 먹먹하게 만드는 굉음에 지켜보던 용병들은 감탄하며 입을 벌렸다.

"제법이구나!"

하크는 뒤로 세발자국 물러나 균형을 되찾은 뒤, 커다란 주먹을 해머처럼 휘둘렀다.

사람의 손이라기에는 너무 단단해 보여, 일격에 머리통도 부술 듯한 느낌이었다.

카르얀은 천류무흔보의 구결대로 스텝을 밟으며 최소한의 움직임으로 공격을 피해 냈다.

스팟!

주먹이 일으킨 바람에 의해 카르얀의 금색 머리카락이 거칠게 흔들렸다.

카르얀은 공격 후에 생기는 빈틈을 노리고 즉시 하크의 품으로 파고들었다.

그때였다.

부웅!

하크의 몸이 팽이처럼 돌아갔다.

원심력을 담고 반대편 주먹이 불쑥 날아들었다.

예기치 못한 시간차 공격에 카르얀은 파고들던 발을 급히 멈추고 재차 몸을 웅크렸다.

부웅!

머리 위로 또 한 차례의 폭풍이 몰아치고 지나갔다.

두 번의 공격을 피했으니, 이번에는 정말로 기회다.

"하압!"

카르얀은 찰나의 망설임도 없이 하크의 목을 노리고 도약했다.

타앗!

공중으로 몸을 날린 순간, 하크의 몸이 또 한 번 돌았다.

그리고 이번에는 통나무처럼 두꺼운 하크의 오른쪽 다리가 솟구쳤다.

도약하자마자 들어온 강력한 공격에 미처 피할 여유가 없었다.

카르얀은 임기응변을 발휘해 왼팔 팔꿈치로 몸을 보호했다.

퍼어억!

"윽!"

상당한 마나가 실린 공격이었다.

카르얀은 가벼운 체중 탓에 10미터씩이나 날아가 땅에 처박히고 말았다.

콰당탕!

공터 한편에 놓인 궤짝들을 부수고 떨어지는 카르얀.

그 광경에 하크에게 돈을 건 용병들이 일제히 큰 웃음을 터뜨렸다.

"우하하! 보라고! 역시 하크의 풍차돌리기 공격은 일품이라니까!"

"아직 1분 안 됐지? 자! 돈 달라고! 돈!"

"어린애는 아무리 강해 봤자 어린애일 뿐이야! 지난번의 라비나도 마법사만 아니었다면 하크가 고전하지 않았어!"

그 순간, 하크가 버럭 외쳤다.

"조용히 하지 못해!!"

돈을 찾아 가려던 용병들은 깜짝 놀라 그 자리에서 얼음이 되었다.

하크의 표정은 잔뜩 일그러져 있었다.

용병들은 대체 무슨 일인가 싶어 카르얀이 처박힌 궤짝 더미와 하크를 번갈아 바라봤다.

부스럭.

궤짝 더미에서 먼지와 함께 어린아이의 고사리 같은 손이 위로 올라왔다.

용병들은 눈을 끔벅거리며 그 장면을 지켜봤다.

"…아니, 하크의 공격을 맞고도 멀쩡하단 말이야? 분명 제대로 들어갔는데……?"

멀리 날아가서 땅에 꽂힐 때만해도 완전히 끝났다고 봤다.

그런데 카르얀은 너무나도 아무렇지 않은 얼굴로 먼지를 툭툭 털며 일어서고 있었다.

오히려 멀리 날아갔기에 충격을 거의 받지 않을 수 있었다는 사실을 깨닫지 못하는 그들이었다.

카르얀은 말했다.

"괜찮으십니까?"

용병들은 그 말에 혼란스러워졌다.

누가 누구에게 묻는 말인가?

쥐가 고양이를 생각해 주는 것도 아니고, 맞고 나가떨어진 녀석이 때린 사람에게 괜찮냐니?

하크는 대답했다.

"…대처 능력이 상당하군. 방어를 해야 할 때 공격을 하다니. 덕분에 다리가 꽤 욱신거리는구나."

하크의 두터운 정강이에 걷어차이려는 순간, 카르얀은 모든 내력을 일시에 왼쪽 팔꿈치로 집중시켰다. 그리고 가볍게 하크의 정강이를 찍듯이 눌렀다.

방어를 하는 동시에 하크의 힘을 역이용해 그의 뼈를 부러뜨릴 심산이었다.

하크의 다리가 예상보다 더욱 단단해 뼈까지 타격을 주지는 못한 모양이지만, 하크를 놀라게 만들기에는 충분했다.

"이런 마나 운용법은 들어 본 적이 없는데… 오늘 멋진 경험을 하는군."

"칭찬 감사합니다. 그럼 다시 시작할까요?"

하크는 고개를 끄덕였다.

둘은 중앙으로 나와 자세를 잡았다.

이번에는 하크도 진지한 기색이었다.

어린아이라고 하나, 방심하다가는 지고 말 거라는 사실을 방금 전의 한 수로 뼈저리게 느낀 탓이다.

미지의 방식으로 마나를 운용하는 소년을 상대로 오늘 자신의 견식을 넓혀야겠다고 작심을 한 그였다.

"갑니다!"

발끝에 힘을 준 카르얀은 곧바로 쏘아져 나갔다.

하크는 전보다 적극적인 대응을 해 왔다.

무작정 힘으로 짓누르려는 방식을 버리고 침착하게 카르얀의 움직임을 눈에 담았다.

카르얀은 그가 자신을 관찰하고 있다는 사실을 알았지만, 볼 테면 보라는 식으로 천류무흔보를 극한으로 전개

했다.

파파팟!

수많은 잔영을 남기고 그의 몸이 사방팔방으로 흩어졌다.

"빨, 빨라!"

미처 카르얀의 움직임을 쫓아가지 못한 용병들은 경악성을 발하며 하크 쪽으로 시선을 돌렸다.

하크는 카르얀의 현란한 움직임에 현혹되지 않고 오직 한 곳만 응시하고 있었다.

중요한 것은 기운이다.

굳이 놈을 쫓으려고 눈알을 이리저리 굴릴 필요는 없다.

길목에 서서 기다리다보면, 놈은 스스로 찾아올 테니까.

하크가 동요하지 않고 자신의 공격을 가만히 기다리기만 하자 카르얀은 섣불리 들어가기가 어려웠다.

'사람은 누구나 눈에 보이는 걸 따라가기 마련이지. 한데 저자는 속지 않고 있다. 역시 까다로운 상대로군. 그렇다면……!'

카르얀은 빠른 속도로 하크의 주변을 돌다 작은 돌멩이 하나를 툭하고 차올렸다.

파앗!

가볍게 찬 돌멩이는 빠르게 날아가 하크의 허리에 부딪혔다.

하크는 미동도 않고 여전히 우두커니 자리를 잡고 서 있었다.

'대단한데? 경비대 총대장보다 떨어진다고 봤는데, 실력은 낮아도 실전 경험에 있어서는 도리어 위야. 이자, 강하다.'

진짜배기가 아니라면, 날아드는 돌멩이에 속아 방어든 공격이든 어떤 반응을 보였을 터.

그러나 그는 고요한 물과 같았다.

그것은 즉, 겉모습만이 아니라 심리적으로도 여유를 가지고 있다는 말.

카르얀은 그에 대한 평가를 수정했다.

경비대 총대장과 겨뤄도 충분히 동수를 이룰 수 있는 인물이었다.

부족한 마나는 피와 살이 난무하는 실전 경험으로 커버가 된다.

카르얀은 용병이 되기로 한 자신의 선택이 옳았음을, 하크를 보며 재확인했다.

경험이란 역시 마나를 쌓는 것만큼 중요한 일이었다.

"…후우!"

카르얀은 멈춰 섰다. 긴장으로 인해 얼굴이 살짝 상기되어 있었다.

하크가 물었다.

"뭐지? 빙빙 돌기만 하다 끝내는 건가?"

카르얀은 옅은 미소를 띠고 물었다.

"당신은 전문 격투가입니까?"

하크는 갑작스런 질문에 의도를 모르겠다는 듯이 어리둥절해했다.

"그렇다. 그건 왜 묻지?"

카르얀은 고개를 끄덕이고는 말했다.

상대는 오러 익스퍼트 상급의 격투가다.

내력에 있어 자신의 경지보다 분명 한 단계 높다.

그래도 익스퍼트 상급치고는 만만해 보여, 잘하면 어떻게 해 볼 수도 있을 거라고 자신했는데 상대의 경험이 제법 녹록치 않았다.

카르얀은 자신의 주먹질로는 그의 철벽같은 기세를 뚫고 들어가기 힘들다는 사실을 인정했다.

"저는 검이 전문이라서요. 목검 하나 들고 해도 되겠습니까?"

"…뭐라고?!"

하크를 포함한 공터의 용병들은 일시에 넋이 나가 버렸다.

검술을 쓰는 녀석이 지금까지 검도 없이 하크와 기세 싸움을 하고 있었다는 말인가!

하크의 얼굴이 일그러졌다.

"…네 녀석, 나를 얕봤군?"

"네, 익스퍼트 상급치고는 좀 만만해 보였거든요. 사과드릴게요."

"뭐? 큭… 푸하하! 이런 담대한 녀석을 봤나! 좋다! 나 역시 어리다고 널 얕봤으니 사과하마!"

잔인하리만치 솔직한 카르얀의 발언에 하크는 속 시원히 웃어 젖혔다.

그리고 놀라움에 턱을 3센치 정도 빼놓고 있는 덴에게 외쳤다.

"가서 목검을 가져와라! 이놈은 절대 내 아래가 아니야! 오늘 화끈하게 한 판 붙어 보겠다!"

덴은 정신을 차리고 길드 내로 뛰어 들어갔다.

잠시 후, 꽤 좋은 나무로 만든 듯 보이는 목검을 들고 돌아온 덴은 카르얀에게 그것을 건넸다.

검을 들고 이리저리 살펴본 카르얀은 마음에 드는지 입가에 희미한 웃음기를 내비쳤다.

"감사합니다. 이제 진짜로 시작하죠."

쿠웅.

카르얀이 검을 곧추세우자, 주변의 공기가 급변했다.

하크와 용병들의 안색 또한 돌변했다.

무거운 기세가 공터 전체를 에워싸고 그들의 몸을 짓눌렀다.

오직 카르얀이 서 있는 공간만이 자유로웠다.

하크는 오랜만에 호적수를 만났다는 생각에 기뻐, 마찬가지로 전신의 내력을 마음껏 뿜어내기 시작했다.

"어린 친구! 어디 놀아 볼까?"

"얼마든지요."

카르얀과 하크는 상대를 향해 전력으로 부딪쳐 갔다.

제5장

이기기 위한 검

하크의 주먹은 강력했다.

그러나 카르얀의 검만큼 매섭지는 못했다.

참마혈뢰검의 초식들이 시시각각 변화하며 하크의 급소를 노리고 덤벼들었다.

하크는 생전 처음 보는 정교한 검술에 혼이 빠져나갈 지경이었다.

오른쪽으로 찔러 오는가 싶더니 어느새 왼쪽으로 비틀리고, 막아 냈다 싶은 순간 자석에 달라붙은 것처럼 팔을 스치며 목으로 짓쳐들었다.

파앗!

가까스로 머리를 뒤로 젖혀 공격을 피해 낸 하크는 세상에 이런 검술도 있다는 사실에 매우 놀라며 식은땀을 흘렸다.

검이 살아 있는 느낌이다.

검의 모양을 흉내 내 깎은 한낱 나무토막에 불과한데, 저 어린 소년이 그 나무토막에 생명을 불어넣고 있었다.

휘익!

먹이를 노리는 뱀과 같이 카르얀의 목검은 또 다시 꿈틀거리며 바람을 갈랐다.

하크는 방금 전의 상황을 교훈 삼아, 검이 달라붙지 못하게끔 거칠게 팔등로 후려쳐 막아 내려 했다.

휘청.

팔로 검을 쳐내려는데 카르얀이 검로를 살짝 바꾸었다.

검과 빗겨간 팔이 애꿎은 허공을 때렸다. 동시에 하크의 체중이 앞으로 쏠리면서 잠시 몸의 균형이 무너졌다.

카르얀은 자신의 유도대로 하크가 중심을 잃자, 때를 놓치지 않고 검을 찔러갔다.

주먹을 피해 몸을 바짝 낮추고 그의 다리를 노렸다.

"뜻대로 될 성 싶으냐!"

하크는 고함을 내지르며 공중으로 부웅 하고 뛰어올랐다. 중심을 잃은 상태에서 한쪽 다리로만 도약을 해낸 하크였다.

괴력이었다.

엄청난 거구의 하크가 설마 뛰어오르리라고는 예상을 못

했다.

파악!

카르얀의 검은 땅바닥에 내리꽂혔다.

돌멩이와 흙덩어리들이 사방으로 비산했다.

"덩치에 비해 상당히 빠른데요!"

"때로는 빠르고 때로는 무겁기도 하지! 조심해라! 꼬마!"

머리 위로 큰 그림자가 드리웠다.

하크는 그대로 카르얀을 덮쳐 왔다.

팔꿈치에 내력을 실어 하크의 발차기를 막아 냈듯이, 검에 내력을 담아 하늘로 찌르려던 카르얀은 아차하고 얼른 뒤로 물러났다.

목검이 그 정도의 내력을 버텨낼 리가 없다. 부서지고 말 것이다.

카르얀이 아슬아슬하게 물러나 피한 땅 위로 하크의 두 무릎이 내리 찍혔다.

콰앙!

지축이 흔들렸다.

땅이 움푹 꺼지는 듯한 느낌은 비단 눈의 착각만이 아닐 것이다.

용병들이 놀라고 있는 사이, 카르얀은 한 치의 숨 돌릴 틈도 주지 않고 바로 검을 휘둘러갔다.

파아앗!

카르얀의 검은 일도양단의 기세로 하크를 몰아쳤다.

"크윽!"

하크는 재빨리 몸을 일으켜 방어에 나섰다.

파악!

목검이 하크의 팔을 때렸다.

단단한 근육으로 둘러싸여 큰 통증은 없었지만, 카르얀의 날카로운 기세로 인해 하크는 자신의 팔이 잘려 나가는 환상을 보았다.

'이 아이, 역시 보통 아이가 아니야!'

진정으로 뛰어난 자들은, 눈에 보이는 부분보다 보이지 않는 부분이 더 특출하다.

이 아이가 그러했다.

속도는 경이적이었고 힘 또한 대단히 강력했다.

하나 정말로 대단한 점은 싸움에 임하는 기세와 싸움을 이끌어 가는 판단력이었다.

전투는 찰나의 순간 모든 것이 결정된다.

찰나가 곧 영원이다.

영원히 세상을 떠나느냐, 혹은 살아남느냐.

삶과 죽음은 보통 사람들이 인지할 수조차 없는 짧은 시간 내에 잔혹하고 냉정하게 갈린다.

그렇기에 옳은 판단을 내려야 하고 그 판단을 실행에 옮기는데 망설임이 없어야 한다. 그것은 즉 자신의 판단을 철저하게 믿어야 한다는 말.

아무리 노련한 용병이라도 스스로에 대한 불신을 완벽히 떨치기는 힘들다. 오랜 시간, 부단히 노력해 가야 하는 일이다.

그런데 눈앞의 이 열두 살 아이는 해내고 있었다. 스스로의 판단을 믿고, 그대로 움직였다.

"간다!"

부웅!

하크의 주먹이 일직선으로 날아갔다.

카르얀은 목검으로 하크의 손목을 밀어내면서 품으로 파고들었다. 물이 흐르듯 자연스러운 동작이었다.

순간, 하크의 육중한 무릎이 무섭게 카르얀을 노렸다.

작은 체구를 최대한 활용하고 있는 카르얀의 스타일을 읽은 하크가 회심의 한 수를 던진 것이다.

처음부터 주먹은 카르얀을 자신의 품 안으로 끌어들이기 위한 미끼였다. 안으로 파고듦과 동시에 갑자기 솟구친 무릎에 얻어맞고 드러눕게 되리라.

부웅!

그러나 카르얀도 하크의 수를 읽었다.

이미 예측하고 있었는지 당황하는 기색도 없이 발을 뻗었다.

얻어맞고 나가떨어지기는커녕 오히려 하크의 무릎을 가

볍게 밟고 반대쪽 발로 턱을 차올렸다.

퍼억!

발에 묵직한 타격감이 왔다.

제대로 성공했다면 하크를 기절시킬 수 있을 만한 공격이었다.

그러나 하크는 여전히 버티고 서 있었다.

"이번엔 정말 위험했어."

하크가 씩하고 웃었다.

카르얀의 발은 하크의 턱을 걸어차기 직전 그의 두툼한 손바닥에 막히고 말았다.

하크는 얼얼한 손으로 카르얀의 발목을 덥석 붙잡았다. 이대로 힘을 주어 비틀기만 하면, 카르얀의 발목이 부러지는 것은 시간문제다.

빙글.

카르얀은 급하게 몸을 비틀어 돌리며 크게 검을 베어 갔다.

파악!

목검이 하크의 머리를 쳤다.

"크윽…!"

막을 수도 있었다.

발목을 놓고 그 손을 약간만 움직였더라도 머리를 보호할 수 있었다. 그러나 하크는 막는 대신, 발목을 더욱 확실히 쥐는 쪽을 택했다.

어차피 상대의 검은 진검이 아닌, 목검이었으니까.

"…방금 죽은 거 아닙니까?"

"목검에 맞고는 안 죽는다."

발목을 잡힌 채 공중에 대롱대롱 매달린 카르얀은 허탈한 웃음소리를 냈다.

"하하. 그런 억지가……."

"억지라니? 실제로 안 죽었잖느냐."

"진검이었다면 죽었을 텐데요."

"만약이라는 단어는 실전에 통용되지 않는다. 목검일 때와 진검일 때는 분명하게 다른 상황이지. 그에 맞는 공격법과 수비법을 사용해야 하는 거다. 방금 전, 너는 왜 몸을 돌리면서까지 베기를 한 거냐?"

"그야 원심력을 더해 뼈까지 베어 버리기 위해서죠."

"목검으로 뼈를 벤다고? 마나를 주입할 수도 없는 목검으로? 이게 무슨 연극도 아니고, 그럼 내가 목검을 진검인 셈치고 나 죽었소 할 줄 알았나?"

카르얀은 입을 다물었다.

하크는 귀엽다는 듯이 그런 카르얀을 내려다보다가 경험에서 우러나는 조언을 던져 주었다.

"찔렀어야지. 발목을 놓게 만들려거든, 눈을 찔렀어야 한다. 직선으로, 최대한 빠르게. 눈을 뚫고 뇌까지 관통시켜 버리겠다는 기세로 말이다. 그건 목검이라도 가능하잖아. 그럼 내가 발목을 놓았겠지."

"…아하."

카르얀은 깨닫는 바가 있었다.

자신이 너무 무른 사고를 했다.

목검을 진검으로 쳐 달라고 우기는 게 아니라, 목검을 진검처럼 사용하는 게 아니라, 목검 나름의 파괴력을 찾아내 그에 맞는 공격을 했어야 했다.

전생에는 섬에 갇혀 검을 휘두르고 현생에도 고아원에서 홀로 검을 휘두르다 보니 사고가 한쪽으로만 치우쳐져 있었던 모양이다.

그리고 역시 피와 살이 튀는 실전 경험이 부족한 탓에 안이했다.

카르얀은 그 후로 많은 생각을 했다.

단 한 번의 싸움이었지만, 비슷한 수준의 강자와 겨룬 경험은 그에게 다른 방식을 알고 자신의 방식을 보완하게끔 만드는데 큰 도움이 되었다.

'다른 방식… 이건 할아버지가 가르쳐 주지 않은 길이로군. 무조건 이기는 것. 무조건 상대를 죽이는 것. 이게 실전형 검이로구나.'

강해지기 위한 검과는 다른 이기기 위한 검을 알게 된 카르얀이었다.

"오러 익스퍼트 중급임을 인정하는 B급 용병패다. 마지막의 안이한 수법만 아니었다면, B+급 용병패를 얻을 수도 있었겠지만 일단은 이걸로 만족해라."

카르얀은 하크로부터 B급 용병패를 발급받았다.

바르시안 제국, 아니 대륙 전체를 통틀어 열두 살의 나이로 오러 익스퍼트 중급에 오른 이는 카르얀이 최초였다.

용병들은 검의 천재가 나타났다며 경악을 금치 못했다.

카르얀을 대하는 태도도 180도 바뀌었다.

처음 들어왔을 때만 해도 어린아이라고 무시하며 놀려대던 이들이, 다들 호감이 가득한 눈으로 다가와 너도 나도 말을 붙이려 애를 썼다.

카르얀은 그들과 대화하면서 용병 업계에 대한 정보들을 많이 얻을 수 있었다.

"특별히 선호하는 종류의 의뢰가 있습니까?"

덴이 물어왔다.

카르얀은 고개를 저었다.

"그냥 돈이 많이 되는 의뢰였으면 합니다."

"모든 용병들이 선호하는 의뢰로군요. 특별히 없으시다면, 내일까지 제가 몇 가지 추천할만한 의뢰들을 추려 놓겠습니다."

"그래 주시면 감사하죠. 그럼 내일 점심때쯤 오겠습니다."

"하하, 네. 살펴 가십시오. 카르얀 님. 앞으로 좋은 관계 오래도록 유지했으면 합니다."

덴의 작별 인사를 받으며 용병 길드를 나온 카르얀은 곧장 고아원으로 향했다.

마음 같아서는 밖에 나온 김에 군것질거리라도 몇 개 사 들고 들어가고 싶었으나, 삼백 명이나 되는 아이들의 간식을 하나씩 사 갔다가는 가뜩이나 어려운 재정 상태가 더욱 어려워질 게 뻔한지라 참아야 했다.

정문으로 들어서자마자 운동장에서 수련을 하고 있던 아이들이 우르르 달려왔다.

"대장! 어떻게 됐어?!"

카르얀이 용병이 되기 위해 나갔다는 얘기를 들은 아이들은 걱정과 기대가 뒤섞인 얼굴로 그를 맞았다.

카르얀은 손가락으로 V 자를 그려 보이며 빙그레 웃어 주었다.

"당연히 합격이지."

"우와아!!"

아이들은 불안을 씻어 내고 힘껏 함성을 질렀다.

역시 대장은 대장이었다.

용병들의 실력이 어느 정도인지 알 길이 없어 대장을 믿으면서도 우려를 했던 그들이다.

그러나 이제는 완전히 마음을 놓았다.

역시 대장은 강했다. 싸움의 귀신이라는 용병들조차 인정할 정도로.

놀라면서도 좋아하는 아이들을 흐뭇한 눈으로 바라보다, 카르얀은 아예 용병패까지 꺼내놓았다.

"이, 이게 뭐야?"

훈트가 선망 어린 시선으로 용병패를 요리조리 살펴보았다.

"B급 용병패야."

"…좋은 거야?"

훈트의 멍한 물음에 랑스가 난입해 그에게 면박을 줬다.

"넌 카르얀이 괜히 카르얀이겠어? 아마 제일 좋은 걸 거야! 안 그래? 카르얀!"

"하하, 랑스. 용병패는 S급부터 F급까지 있어. B급은 중간에서 좀 더 좋은 수준일 뿐이야."

"그, 그래? …하지만 카르얀은 열두 살이잖아! 그런데 용병들 사이에서 중간보다 더 높다니 나중에 어른이 되면 틀림없이 제일 강해질 거야!"

"그건 두 말하면 잔소리지. 사실은 오늘도 베네딕트 용병 길드를 내가 접수해 버릴 수 있었는데, 어른들 체면을 봐서 적당히 해 주고 오는 길이야."

"우와아! 정말?!"

카르얀은 아이들의 재미를 위해 약간의 뻥을 섞어 오늘 있었던 일들을 신나게 이야기해 주었다.

평소 즐거울 일이 별로 없는 아이들은 카르얀의 이야기를 초롱초롱 별처럼 빛나는 눈으로 귀 기울여 들었다.

"우리도 나중에 용병 될래!"

일곱 살 아이가 외쳤다.

카르얀이 용병들의 세계를 살짝 미화해서 들려 주었더니, 어느새 여기저기서 용병이 되고 싶다는 아이들이 나타나기 시작했다.

'…너무 미화했나?'

반라의 여자들을 끼고 술에 절어 산다는 얘기를 있는 그 대로 해 줄 수는 없는 노릇이라, 검 하나에 목숨을 걸고 어려운 사람들의 의뢰를 받아 문제를 해결해 준 뒤 약간의 수고비를 받는 이들이라 했는데… 좀 지나치게 미화했나 보다.

카르얀은 여기까지만 하기로 했다.

"용병이 되든 뭐가 되든 일단 강해져야 가능한 일이겠지?"

"웅!!"

"그럼 하다 만 수련 계속하자! 이야기는 끝!"

"에이 더해 주지!"

"자자! 운동장으로 돌아가! 오늘은 내가 직접 봐줄 테니까!"

아이들은 카르얀이 가르친다는 말에 방금 전까지의 장난스런 태도를 버리고 얼른 운동장으로 달려갔다.

목검을 쥐고 진지한 자세로 선 삼백의 아이들은 제법 장관이었다.

나이가 달라 키는 들쑥날쑥이고 콧물 들이키는 소리가 곳곳에서 들려왔지만 그들의 표정만큼은 마치 전쟁을 앞둔 용사들 같았다.

강해지고자 하는 열망이 들끓고 있었다.

카르얀은 이 작은 아이들이 자랑스러웠다.

부모를 잃은 것은 불운이었다. 운명이 이 아이들의 편이 아니었던 거다.

그러나 지금 이들은 그 불운에 지지 않고 자신들의 미래를 스스로 만들고자 노력하고 있다.

"오늘도 마음껏 강해져 보자!"

"웅! 대장!"

"우선 가볍게 달려 볼까!"

2년 동안 매일 그래 왔듯이, 어린아이들은 가부좌를 틀고 단전호흡을 했고 나머지 아이들은 열을 맞춰 운동장을 달렸다.

이미 훈트의 지시로 운동장 돌기를 마친 그들이었지만, 카르얀의 지시 앞에서 누구도 다른 말을 꺼내지 않았다.

그저 조용히 시키는 대로 달렸다.

카르얀은 아이들의 뒤에서 함께 뛰며 그들의 속도를 조절해 주었다.

"구령!"

"하나! 둘! 하나! 둘!"

"더 힘차게!"

"하나!! 둘!! 하나!! 둘!!"

"좋아! 이래야 천하무적 베네딕트 고아원이지! 명심해! 강해지는 길은 하나다!"

"하나!! 둘!! 하나!! 둘!!"

"달렸던 길을 또 달리고! 휘두른 검을 또 휘두르고!"

"하나!! 둘!! 하나!! 둘!!"

"그런 하루를 지겹도록 반복하는 거다!"

아이들은 벌써 2년 동안 똑같은 수련을 계속해 왔다.

기본에 기본을 더하고 그 위에 다시 기본을 더하고 또 더하기를 반복하는 시간이었다.

오랜 시간 공들여 두드린 쇠처럼 아이들의 의지는 단단해졌다.

카르얀은 앞으로 반년만 더 기본공을 가르치고 그 뒤부터는 본격적인 공격술과 방어술을 가르치기로 했다.

아무 것도 모르는 아이들은 드디어 지겨운 반복 훈련이 끝났다고 신나할 테지만, 그건 어리석은 착각이다. 수련 시간이 배로 늘 뿐이니까.

기본 수련이 끝나는 날은 오직 죽을 때뿐이다라고 카르얀은 배웠다.

할아버지는 무공만이 아닌, 세상의 모든 만물이 기본으로부터 이루어진다고 믿었다. 심지어는 인간의 마음조차도.

기본 수련을 반복하는 것은, 말 그대로 기초가 중요하기 때문이기도 하지만 처음 시작할 때의 초심을 잊지 말자는 뜻도 있었다.

"이제 자리로 돌아가 검을 들어! 자세를 흐트러뜨리지 말고 혼신의 힘을 다해 휘둘러라! 돌아다니면서 볼 거야! 내가 지적하는 녀석들은 저녁도 굶고 취침 시간까지 수련이다!"

아이들은 손에서 피가 날 정도로 검을 휘둘러 댔다.

눈동자를 날카롭게 빛내며 수련에 허투루 임하는 녀석들을 찾아내려 노력한 카르얀이었지만, 다행이도 다들 순수하게 검을 휘두르고 있었다.

보고 있자니 옛날 생각이 났다.

섬에 끌려가 할아버지의 강요에 의해 억지로 검을 손에 쥐었다.

싫었다. 내가 왜 부모님도 보지 못하고 검을 휘두르고 있어야 하는지 세상이 다 원망스러울 때도 있었다.

그런데 시간이 지나고 외로움이란 단어만 곱씹던 자신에게 유일한 친구는 낡은 검 한 자루였다.

할아버지는 무서웠고 섬의 동물들은 거칠었다.

손에 들린 검만이 온전히 자신의 편이었다. 나를 지켜 주는 동료였다.

그래서 점점 검을 휘두르는 게 즐거워졌다. 검이 나를 강하게 만들어 주는 듯했다.

아이들도 현재 그 과정을 거치고 있었다.

세상의 사람들은 아마 섬의 동물들보다 더 거칠 테고 그들이 헤쳐 나가야 할 운명은 도깨비 눈의 할아버지보다 더 강압적이리라.

자신이 그랬듯이, 이 아이들에게도 검은 믿음직한 동료가 되어 줄 것이다.

"힘내라! 너희는 반드시 강해진다!"

카르얀의 격려에 아이들은 더욱 힘차게 검을 내리쳤다.

다음날, 카르얀은 아침 일찍 일어나 식사를 하고 오전 내내 개인 수련에 몰두했다. 어제 하크와 겨룰 때를 회상하며, 천천히 하나하나 복기를 해 나갔다.

"음, 그때 여길 이렇게 붙잡고… 돈 다음에……."

공터에서 직접 몸을 움직여 보며 어제의 싸움을 재현하는 카르얀.

"그래, 이 공격도 잘못됐군. 목검으로는 철저히 찌르기 중심으로 갔어야 해. 베기 공격을 너무 많이 했어."

휘익!

카르얀은 허공을 향해 빗자루를 일직선으로 찔러 보았다.

"실전형이라… 무극(武極)을 보기 위한 검이 아닌 승리하기 위한 검… 재밌는데? 그래, 그렇담 목검을 찌를 때……."

카르얀은 방금 전과 똑같이 빗자루를 일직선으로 내뻗었다.

휘익!

파앗!

하지만 전과 약간의 변화가 있었다.

찌르는 순간, 빗자루가 회전을 일으켰다.

"…음, 돌리면서 찌르는 것과 상대의 몸에 닿는 순간 돌리는 것 중 어느 쪽이 파괴력이 높을까. 역시 두 번째인가?"

카르얀은 흙바닥에 대고 빗자루를 그냥 찔렀다.

팍!

빗자루의 끝부분이 땅에 박히긴 했지만, 무난한 파괴력이었다.

다음은 돌리면서 찔러보았다.

휘익!

파악!

흙들이 사방으로 날아갔다.

"…아니야, 타격하는 면적은 넓어도 힘이 흩어지는 거 같아."

카르얀은 다시 빗자루를 들어 올렸다.

휘익!

이번에는 땅에 닿는 순간 손목을 돌려 회전시켰다.

파아악!

"호오… 이거 괜찮군."

그냥 찌를 때보다 땅이 깊숙이 파였고 돌리면서 찌를 때보다 흙들이 많이 튕겨져 나갔다.

"살을 찢고 파고들 수 있겠군. 아 뇨, 어제 하크의 눈을 이렇게 찔렀다면 아주 식겁해서 엉덩방아를 찧었을지도 모르는데……!"

카르얀은 아쉬운 마음에 몸을 웅크리고 부들부들 떨었다.

"…에잇, 뭐 지나간 일이니까. 다음에 만나면 이번에는 이쪽에서 실전검에 대해 한 수 가르쳐 주도록 하지. 후후… 자아, 다시 해 볼까?"

휘익!

파아악!

감을 잡은 덕인지 파괴력이 한 단계 올라갔다.

"검강을 날릴 때 이런 느낌으로 해 보면 위력이 상당할지도……."

카르얀은 느릿하게 빗자루를 허공으로 찔렀다.

끝에 손목을 돌려 회전을 주는 것도 잊지 않았다.

"…괜찮은데? 강기가 분산되지 않고 한 점에 모여서 뻗어 나갈 거야. 그럼… 상대의 몸을 뚫어 버리는 위력이 나오려나?"

카르얀은 고개를 저었다.

"아니, 강기에 회전까지 실을 수 있다면 몸을 찢어발기면서 뚫겠군. 이거 좀 잔인한데… 사마외도의 수법 아닌가?"

카르얀은 고민했다.

고민 끝에 내린 결론은 아주 간단했다.

"…아, 나 정파인 아니지? 그냥 섬에 끌려와서 수련했고 할아버지도 정사지간의 인물이었으니… 흐음! 좋아! 기술 연구를 한 번 해 보자고! 하하하! 완성되면 대단할 거야! 나중에 하크에게 밥 한 끼 사 줘야지!"

아직 강기는커녕 검기도 발하기 힘든 수준이었기에, 당장 연습해 볼 수 없는 점이 유감스러웠다.

일단은 마나의 운용에 대한 이론을 정립하고 무공의 이름을 정하기로 했다.

"음……."

한동안 생각을 거듭하던 카르얀은 왼 주먹으로 오른손바

닥을 탁하고 쳤다.

"그래! 혈뢰검(血雷劍)과 짝을 이룰… 광살포(光殺砲)! 괜찮네. 이걸로 하자."

카르얀은 만족했는지 고개를 끄덕이고 땅바닥에 쪼그려 앉아 손가락으로 무언가를 적어 내려갔다.

마나의 운용을 어떤 식으로 해야 강기를 회전시킬 수 있는지 연구하는 것이었다.

그러나 물론 쉬운 일이 아니었다.

개념조차 잡지 못한 채, 점심때가 되고 말았다.

"이런! 벌써 시간이 이렇게 됐네! 길드로 가 봐야겠다!"

카르얀은 점심을 챙겨 먹고 고아원을 나갔다.

어제와 같은 길을 걸어 길드에 도착했다.

문을 열고 들어가자 뜨거운 시선들이 내리꽂혔다.

"불타겠네, 아주."

검의 천재가 나타났다는 소문은 하룻밤 사이 베네딕트 용병계 전체에 퍼졌다.

길드 안은 어제 봤던 용병들과 카르얀을 보러 온 뉴페이스 용병들로 북적북적했다.

"헤이! 카르얀! 여기 내 친구……."

어제 말 한마디라도 나눠 본 용병들은 금세 친한 척을 하며 다가왔다.

그들에게 한참 동안 붙잡혀 이런저런 인사들을 나눈 뒤에야 카르얀은 길드에 온 목적을 달성할 수 있었다.

"사람 진짜 많네요. 휴우!"

바에 놓인 의자에 앉아 카르얀은 손부채질을 하며 한숨을 쉬었다.

용병들은 이제 각자의 자리로 돌아가 다시 술잔을 기울이고 있었다.

겨우 풀려난 카르얀이었다.

덴은 웃었다.

"하하, 다들 궁금해 했거든요. 열두 살의 천재 소년이 대체 어떤 아이인지 말입니다."

"그냥 보통 꼬맹이죠 뭐, 그보다 추천할 만한 의뢰는 골라 놓으셨나요?"

"네, 첫 의뢰니까 일에 익숙해질겸 카르얀 님의 실력보다 조금 낮은 단계의 의뢰들을 먼저 골라 봤습니다."

단계가 낮은 만큼 보수도 낮을 테지만, 덴의 말대로 일에 익숙해질 필요가 있었기에 카르얀은 좋다고 말했다. 단계는 서서히 높여 가면 그만이다.

덴은 진열장에서 몇 개의 술병들을 빼들고 왔다.

"세 가지입니다. 이중에서 마음에 드는 걸로 선택하시길."

술병의 앞부분은 일반 술병과 똑같았지만, 뒷부분에는 의뢰 내용과 보수가 적힌 쪽지가 붙어 있었다.

카르얀은 쪽지의 글귀를 읽어 보았다.

"…야생늑대 퇴치, 편지 배달, 상단 호위."

"상단 호위의 경우 원래는 난이도가 높은 의뢰지만, 이 경우에는 다른 용병대 하나가 이미 고용되어 있는 덕에 낮은 난이도로 분류되었습니다."

"그런가요. 한데 편지 배달이나 상단 호위는 다 공작령 밖까지 나가야 하네요?"

"네, 그리 멀진 않습니다. 베네딕트 공작령과 인접해 있는 콘라드 공작령까지니까요."

때로는 바르시안 제국 남부까지 다녀오기도 하는 용병들에게 콘라드 공작령 정도는 이웃집과 같았다.

그러나 그건 용병들 입장에서의 얘기. 공작성과 세뮤 마을만 알고 지내온 카르얀에게 다른 영지는 외국이나 마찬가지였다.

"…이참에 한 번 가 보고 싶기도 한데 고아원 아이들이 아직 어린지라 공작성에서 너무 떨어지기는 그러네요."

"아, 그러십니까? 그럼… 늑대 퇴치는 어떠신가요? 공작성 동쪽에 있는 마을에서 들어온 의뢰인데, 걸어서 두세 시간이면 도착하는 거립니다."

"성문 나갈 때 오래 기다려야 하잖아요."

"하하하! 그 지옥을 경험하셨군요? 걱정 마십시오. C급 이상의 용병패가 있으면 줄을 설 필요가 없습니다."

카르얀은 눈을 번뜩였다.

"정말입니까?"

"그럼요."

"오오! 좋은데요! 그럼 이 의뢰를 맡도록 하죠!"

"하하, 첫 의뢰를 맡으신 걸 축하드립니다. 자세한 설명을 해 드리도록 하죠. 내용과 보수는 술병에 적힌 대로고 마을에 도착하시면 일단 촌장에게 가서……."

끼이익.

그때였다.

길드의 문이 삐거덕거리는 소리를 내며 느릿하게 열렸다.

바람이 들어왔다.

모든 용병들의 시선이 자연스럽게 문 쪽으로 향했다.

카르얀 또한 무의식중에 그곳으로 고개를 돌렸다.

"…응?"

카르얀의 눈에 이채가 스쳤다.

열린 문으로 한 소녀가 들어오고 있었다. 놀랍게도 소녀의 나이는 자신과 비슷해 보였다.

묘한 분위기를 풍기는 연보랏빛 머리카락을 길게 늘어뜨린 아름다운 소녀는, 길드 내를 둘러보다 카르얀을 발견하고 곧장 걸어왔다.

카르얀과 소녀의 눈이 마주쳤다.

분홍빛이 감도는 입술 사이로 작은 음성이 흘러나왔다.

"…네가 카르얀?"

카르얀은 고개를 끄덕였다.

그러자 소녀는 말했다.

"드디어 찾았다."

제6장

늑대를 잡으려다 오크를 만나다

이 소녀를 본 적이 있는지 곰곰이 기억을 되새겼다.

기억 속 어디에도 그녀의 얼굴은 떠오르지 않았다. 태어나 처음 보는 얼굴임이 분명했다. 아이린만큼 아름다운 이 소녀를 잊어버렸을 리는 없을 테니 말이다.

카르얀은 아리송한 그녀의 말에 의도를 몰라 한참을 어리둥절해해야 했다.

"…날 알아?"

카르얀이 물었다.

길드 내 용병들의 시선을 한 몸에 받으면서, 소녀는 고개를 도리도리 흔들었다.

그리고 배시시 미소를 지었다.

"이제부터 알아 갈 거야."

소녀의 입이 열릴 때마다 의문만 더해 간다.

"친구가 되고 싶다는 건가?"

소녀는 이번에도 고개를 저었다.

"그건… 아직 몰라, 하지만 난 너에 대해 알고 싶어."

용병들은 대체 이게 무슨 분위기인가 하고 우르르 바 근처 테이블로 몰려들었다.

"라, 라비나가 고백하는 거야? 서로 아는 사이였나?"

"카르얀의 반응을 보니 모르는 눈치인데? 설마… 과거에 데리고 놀다 버린…….."

"어이, 쟤네 나이가 몇 살인데…….."

"아참, 그랬지. 그럼 저 의미심장한 대사들은 어떻게 설명해야 하는 거야?"

"몰라. 둘 다 천재 검사, 천재 마법사니까 우리가 모르는 뭔가가 서로에게서 느껴지나 보지. 운명적인 만남인가!"

호들갑을 떠는 용병들에게 카르얀은 일침을 가했다.

"아저씨들. 소설 써요?"

"크흠! 흠흠!"

카르얀의 말에 용병들은 죄다 딴청을 부리며, 술잔을 들어 올렸다.

그러나 여전히 귀는 카르얀과 라비나 쪽으로 활짝 열려 있었다.

카르얀은 머리를 긁적이며, 라비나에게 물었다.

"나에 대해 알고 싶다라… 왜?"

'설마… 정말 저 용병 아저씨들이 말하는 것처럼, 이 귀여운 미소녀가 나에게 반한 건가? 이런… 내 외모가 엄마를 닮아 좀 뛰어나긴 해도 이렇게 문 열고 들어오자마자 1초 만에 반하는 건 좀 심한데?' 혼자 여러 가지 망상을 부풀리던 카르얀은 결국 '에이, 역시 말이 안 돼. 뭔가 다른 이유가 있겠지.' 라며 기대를 접었다.

라비나로부터 나온 대답은, 카르얀과 용병들의 기대를 충족하는 대답도 아니었고 배반하는 대답도 아니었다.

완전히 어처구니가 없는 대답이었다.

라비나는 말했다.

"이름이… 카르얀이니까."

길드 안에 적막의 회오리가 찾아들었다.

용병들은 요즘 젊은 애들은 저런 식으로 애정 표현을 하나 싶어 이해하기 힘들다는 반응이었고 카르얀도 덴을 슬쩍 바라보며 눈으로 물었다.

'애 정신 괜찮은 애 맞아요?'

덴은 대답했다.

'…그런 줄 알았는데, 확신이 사라지네요.'

오직 라비나만이 맑은 눈으로 흔들림 없이 카르얀을 응시하고 있을 따름이었다.

카르얀은 당황스러웠다.

이런 당황을 도대체 얼마 만에 느껴보는지 모르겠다.

뭔가 고백을 받은 것도 같은데… 이름 때문에 고백을 받는 경우도 있다는 사실이 꽤 신선하다.

"이름이 달랐으면 관심 없고?"

라비나는 당연하다는 듯이 고개를 끄덕였다.

"…응."

용병들은 혀를 찼다.

자신들이 연애를 할 적에는 그래도 여자들이 외모나 능력을 봤다. 한데 10년 뒤에는 이름이 마음에 안 든다고 차이는 경우가 빈번해지겠다.

"…나중에 자식 낳으면 이름 잘 지어 줘야겠어."

"그래야겠어. 저런 미소녀의 고백을 받을 수 있다면, 내 아들도 카르얀이라는 이름으로 바꿔 줘야 할까 봐."

"난… 내 이름을 카르얀으로 바꿔야겠어. 오늘 당장."

용병들은 도무지 믿기지 않는 현실 앞에서 '이성을 유혹하는 이름이란?'에 대한 주제로 토론을 개시했다.

카르얀은 관자놀이를 꾹꾹 누르고 라비나를 향해 입을 열었다.

"단지 이름 때문에 나에 대해 알고 싶다는 거야?"

"…응."

"이해가 안 되는데?"

"……."

"이름에 무슨 의미라도 있나?"

용병들과 덴의 귀가 쫑긋하고 움직였다.

라비나의 고운 두 눈이 초승달처럼 예쁘게 휘었다.

눈웃음과 함께 그녀는 대답했다.

"사람을……."

말을 꺼내던 그녀가 주변의 용병들을 둘러보고는 바에 놓인 펜과 종이를 집어 들었다. 그리고 카르얀의 지척까지 다가와 글씨를 써 나갔다.

카르얀은 자신의 시야를 가득 매우는 연보랏빛 부드러운 머리카락과 은은하게 풍기는 달콤한 향기에 어색한 기분이 들어 얼른 얼굴을 뒤로 뺐다.

그런 사실을 아는지 모르는지 라비나는 열심히 무언가를 적고 있었다.

"……."

라비나는 말없이 쪽지를 카르얀에게 밀었다. 카르얀은 다른 용병들이 보지 못하게끔 한 손으로 쪽지를 가렸다.

사람을 찾고 있어. 카르얀이라는 열두 살 소년. 혹은 유리라는 열두 살 소녀. 너는 몇 살이야?

아무래도 자신이나 용병들이 생각했던 것처럼 이성으로

서의 관심 때문에 접근을 한 것은 아닌 모양이다.

사연이 있는 걸까.

카르얀은 펜을 받아들고 종이에 적었다.

열두 날.

라비나의 눈에 찰나지간 기대의 빛이 떠올랐으나 그런 기색은 금세 사라졌다.

기대하고 실망하기를 4년 가까이 반복해 온 그녀였다. 또다시 실망하고 싶지 않아, 라비나는 최대한 태연하게 물었다.

확실해?

태어난 해와 날과 시간까지도 기억해 그런데 그 사람을 왜 찾는……,

카르얀이 글자를 다 적기도 전에, 라비나가 그의 손을 덥석 붙잡았다.

내막을 몰라 멀뚱히 지켜만 보고 있던 용병들은 그 장면을 보고 휘파람을 불어 댔다.

"휘이익! 베네딕트 용병 길드 제1호 커플 탄생!"

"결혼식 주례는 하크! 사회는 덴! 날짜는 바로 오늘! 장소는 바로 이곳!"

놀려 대는 용병들을 뒤로 하고 라비나는 카르얀의 손을 잡아끌었다.

"뭐야? 나가자고? 덴! 여하간 늑대 퇴치 의뢰는 제가 합니다!"

"하하! 가서 데이트 잘하십시오! 카르얀 님! 마을 촌장 찾아가서 베네딕트 용병 길드에서 나왔다는 말 꼭 하시고요! 그래야 우리에게 수수료가……."

타악.

문을 닫아 버리자 덴의 목소리가 끊겼다.

카르얀은 대체 이 소녀가 무슨 속셈인가 싶었다.

인적 없는 골목길로 카르얀을 끌고 달린 라비나는 체력이 떨어졌는지 가쁘게 숨을 몰아쉬며 벽에 등을 기댔다.

카르얀은 이 미스터리 소녀에게 이제 자신이 질문을 해 봐야겠다는 생각을 가졌다.

"넌 대체 누구야? 공짜로 알려 주는 건 나이까지야. 내게 뭔가 더 묻고 싶거든, 너도 네가 누구인지 제대로 밝혀. 신뢰할 수 없는 상대와는 별로 말을 섞고 싶지 않으니까."

"하아… 하아… 미안……."

사과하며 고개를 드는 라비나.

밝은 태양빛 아래에서 그녀의 미모는 더욱 화려하게 꽃을 피웠다.

달과 잘 어울리는 청초한 아이린.

해와 잘 어울리는 화사한 라비나.

…그런데 어째 성격은 둘이 정반대인 느낌이다.

라비나는 호흡을 정리하고 카르얀을 정면으로 바라보았다.

그러더니 얼굴을 살짝 붉혔다.

아이린이 많이 보여 준 반응이라, 카르얀은 별 감흥이 없었다.

"그래, 나 잘생긴 거 아니까. 네 정체나 밝혀."

"……."

적나라한 그의 말에 얼굴이 더욱 발그레해지는 라비나, 그녀는 손등으로 자신의 얼굴을 쓰다듬으며 입을 열었다.

"난… 라비나. 나이는 너와 같은 열두 살. 2서클 마법사고 용병 일을 하며 스승님과 함께 제국 이곳저곳을 떠도는 중이야."

"떠돌이 용병 마법사로군. 흐음… 난 카르얀이고 베네딕트 고아원에서 지내고 있다. 나이는 말했다시피 열두 살이고."

고아원에서 지내고 있다는 사실은 알아보려고 조금만 발품을 팔아도 밝혀질 일이라 카르얀은 그냥 밝혔다.

라비나는 놀란 표정이었다.

"고아원?"

"그래, 뭐 잘못됐나?"

"아, 아니……."

아무 것도 아니라며 고개를 저었지만, 왠지 석연치 않다.

이 아이도 어머니의 과거가 불러들인 불청객인 걸까.

그녀가 찾는 카르얀이 자신이 맞는지도 확실치 않은 상황에서 섣불리 판단할 필요는 없다.

그러나 만약 자신이 맞다면… 적이 될 녀석인지 그 여부를 알아야 한다.

"카르얀과 유리라고 했나? 그들을 왜 찾는 거지?"

"정확히는… 스승님이 찾고 계시는 거야. 나는 제자로서 스승님께 은혜를 갚기 위해… 돕고 있어."

"그래, 그건 상관없고. 네가 찾든 네 스승님이 찾든 그들을 왜 찾는 거냐고."

"스승님께 매우 중요한 사람이 있었는데, 12년 전에 피치 못할 사정으로 그만 떨어지고 말았거든. 그때… 그 분이 임신 중이셨어."

"……!"

"아이의 이름도 스승님께서 지어 주셨어. 남자 아이라면 카르얀. 여자 아이라면 유리아로."

'…베네딕트 공작에 이어 제2의 아빠 후보 등장인가?'

카르얀은 실소를 매달았다.

아빠를 보고 싶어 하는 아이들이 고아원에 차고 넘치는데, 왜 그 녀석들의 아빠는 나타날 기미가 안 보이고 별로 안 보고 싶어 하는 자신의 아빠 후보자들은 이리 많이 나타나는 것인가.

운명이 자신을 가만 놔두지 않는 기분이다.

카르얀은 물었다.

"그 여자분 이름이 뭔데?"

"…그분의 이름을 함부로 말해서는 안 돼."

"……."

"……."

"…놀고 있네. 무슨 이름에 금칠했냐? 깔끔하게 말하고 맞는지 아닌지 확인하자고! 배배꼬지 말고."

"그, 그래도……."

"말 안 할 거면… 나 간다. 다시는 찾아오지 마라."

"…잠깐!"

라비나가 떠나려는 카르얀의 팔을 꼬옥 끌어안았다. 그리고 까치발을 들고 카르얀의 귓가에 입술을 가져다 댔다.

여린 숨결과 함께 소곤거리는 목소리가 들려왔다.

"…다이앤."

"……."

자신의 귀찮은 운명을 탓하며 분위기를 잡았던 스스로가

바보 같다.

"틀려, 내 어머니 이름은 엘레나야."

"…틀려?"

"어! 다이앤. 엘레나. 자 다르지? 젠장, 괜히 긴장했잖아. 뭐 그래도 만나서 반가웠다. 잘 가라. 라비나."

"…으, 으응."

"팔 놔야지."

"아… 미안."

라비나는 "역시 이번에도……."라는 말을 중얼거리며, 실망한 표정으로 카르얀의 팔을 놓았다.

카르얀은 성문 앞에서 용병패를 만지작거리고 있었다.

덴이 말하길 C급 이상의 용병들은 간단히 통과할 수 있다고 했다.

"진짜겠지?"

반신반의하며 카르얀은 성문 출입기록관에게 직행했다.

성문은 오늘도 인산인해를 이루고 있었다. 다들 검색대의 병사들에게 약간의 뇌물조차 쥐어 줄 여유가 없는 굶주린 평민들이었다.

예전에는 그냥 그런가보다 했는데 이제는 그들의 행색이

눈에 들어왔다.

"…베네딕트 공작령은 그래도 살기 좋은 영지라던데, 그럼에도 빈민들이 이리 많은 건가. 세상이… 많이 바뀌어야겠구나."

황실이 제 기능을 못하고 각지의 공후작들이 서로의 이권을 탐하며 이전투구를 벌인 결과였다.

베네딕트 공작은 야망이 큰 남자였지만, 그래도 영지민들을 잘 다스리는 인물이었다.

그렇기에 이 정도다.

이웃의 콘라드 공작령만 가 보더라도, 빈민들이 두세 배는 넘쳐 났다.

"무슨 일이냐?"

출입기록관은 퉁명스런 어조로 물었다.

카르얀은 품에서 용병패를 꺼내 그에게 보여 주었다.

"C급 용병패 이상은 바로 통과시켜 준다고 들었습니다."

"…응?!"

어린아이가 B급 용병패를 꺼내들자 출입기록관은 눈을 의심했다.

그러다 판단을 마쳤는지 인상을 구겼다.

"이놈이 어디서 위조를…! 너 같은 어린애가 B급 용병일 리가 있느냐! 네 이놈! 오늘 치도곤을 당해야 정신을 차리겠구나!"

"헉… 이거 진짠데……."

"아직도 거짓말을! 여봐라! 이놈을 당장 성문 옥사에 가 두어라!"

"…뭐 이런 말도 안 되는 경우가 다 있어! 이거 진짜라니 까요!"

"닥쳐라! 뭣들 하느냐! 이 발칙한 꼬마를 어서 잡아라!"

카르얀은 병사들의 손을 뿌리치고 도망칠까 하다가 관두 었다.

조사하면 밝혀질 일이다. 괜히 이들과 다퉈 진짜 죄수가 될 이유는 없다.

"에이, 나 참! 덴 불러와요! 용병 길드의 덴!"

카르얀은 옥사에 갇혔다.

덴이 연락을 받고 와서 꺼내 줄 때까지는 장장 아홉 시간 이 걸렸다.

출입기록관이 업무가 끝나고서야 덴에게 연락을 했기 때 문이었다.

점심 때 잡혀 들어가, 늦은 저녁에 풀려난 카르얀은 머리 에서 김이 모락모락 날 정도로 열이 받았다.

"…이놈의 성문, 무공 대성하면 내가 부숴 버린다 아주."

덴에게 사정 설명을 들은 출입기록관이 카르얀에게 와서 뒤늦게 사과의 말을 던졌지만, 아홉 시간의 기다림을 보상할 수는 없었다.

"다음부터는 직통으로 열어 주지."

"…그 약속 반드시 지키십시오."

"하하, 어린 친구가 성질이 있군."

"…어디 아홉 시간 가둬 드릴까요?"

"크흠, 사양하지."

카르얀은 성문과의 악연에 대해 줄줄이 욕을 퍼부으며, 성을 떠났다.

이미 해가 저문 지 오래라 길을 가기에 큰 어려움이 따랐다. 무공을 익혀 밤눈이 밝아 다행이었다.

의뢰를 한 마을에 다다른 건 거의 자정이 다 되어서였다.

점심 때 떠나 저녁 때 늑대를 퇴치하고 밤까지 돌아가려던 계획은 무참히 뒤틀렸다.

아이들에게 바로 의뢰를 하러 떠나 하룻밤 자고 올지도 모른다고 미리 말을 해 두어서 그나마 안심이다.

마을 여관에서 묵으려던 카르얀은 괜한 지출이 생기는 게 아까워 발길을 돌렸다.

"노숙하자. 전생에 섬에 살 때는 늘 흙바닥에서 하늘을 지붕 삼아 잤잖아."

촌장 집에 가서 묵을까도 했으나, 자정이 넘은 시각에 방문하는 것은 역시 경우가 아니다.

카르얀은 마을이 내려다보이는 언덕 위에 그대로 드러누

왔다.

"공기 좋네."

밤하늘의 별들이 반짝반짝하고 빛났다.

카르얀은 그 별들을 올려다보며, 잠을 청했다.

몇 시쯤 되었을까.

크룽.

이상한 소리가 카르얀의 귀를 자극했다.

크룽.

카르얀은 눈을 떴다.

"…산짐승인가? 그러고 보니 불을 안 피우고 잤군."

섬에서 생활할 때, 초기에는 불을 피웠다. 하나 무공이 강해지자 그냥 자는 게 버릇이 되었다.

카르얀은 칠흑 같은 어둠 속에서 몸을 일으켰다.

크룽.

나무에 몸을 숨긴 채, 소리가 들려오는 쪽으로 조심스럽게 움직였다.

천류무흔보로 기척을 죽이고 전방을 살폈다.

반짝.

짐승의 으르렁거림이 낮게 울려 퍼지는 가운데, 그곳에도 별이 하나 빛나고 있었다.

'…별이 땅 위로 내려왔을 리는 없고. 저 빛은… 창날

인가?'

산짐승이 창을 들고 다닌다는 얘기는 금시초문이다.

크룽.

'…돼, 돼지 머리?!'

달빛 아래 놈들의 얼굴이 드러났다.

꼭 멧돼지 같이 생긴 놈들이었다. 아니, 그냥 멧돼지라 해
도 믿겠다.

카르얀은 생각지도 못한 상황에 침을 꼴깍 삼켰다.

돼지 탈을 뒤집어쓴 놈들의 숫자는 오십여 명 정도 됐다.

약식 갑옷을 두르고 손에는 창과 방패를 들고 있었다. 누
가 봐도 전투를 하러 가는 모양새였다.

순간, 놈들의 목에서 터져 나온 괴상한 소리에 카르얀은
움찔 놀라고 말았다.

"꾸에에에엑! 가자! 인간의 마을 약탈한다! 먹을 거! 우리
가 갖는다!"

"꾸에에엑!"

"꾸에에에에엑!"

인간의 마을을 약탈한다고?

'…뭐야! 돼지 탈이 아니라, 진짜 돼지였던 거야? 혹시 저
놈들이 말로만 듣던 몬스터?!'

카르얀이 놀라는 사이 돼지들은 마을로 달려 내려가기 시
작했다.

"꾸에에에엑—!"

기습이란 단어를 모르는가 보다.

한밤중에 쳐들어가면서 마을 사람들이 전부 깰 만큼 괴상한 소리를 계속 내지르고 있었다.

아니나 다를까.

어두컴컴했던 마을에 불이 하나씩 켜졌다. 사람들이 횃불을 들고 나오는 광경도 보였다.

카르얀은 놈들의 뒤를 따라갔다.

늑대를 퇴치하러 왔다가 몬스터와 조우한 카르얀. 그는 마을 사람들을 도와 놈들을 물리쳐야겠다고 생각했다.

"꾸아악! 꾸아악! 꾸아악! 인간! 죽어라!"

데엥! 데엥! 데엥!

마을의 종이 울렸다.

마을 사람들은 이런 일을 몇 차례 겪어 본 경험이 있는지, 능숙하게 바리케이드를 세웠다.

그 뒤로 자경단원들이 가벼운 가죽 갑옷과 창검을 들고 뛰어나오고 있었다.

카르얀은 속도를 좀 더 올렸다.

멧돼지 인간들은 보통 인간들의 달리기 속도보다 두세 배는 빨랐다.

"…돼지들을 물리치고 촌장에게 의뢰비 꽉꽉 올려 받아야겠구나! 간다! 돼지들아! 참마혈뢰검이다!!"

카르얀은 어제 용병패를 발급 받을 때 선물로 함께 받은 장검을 멋지게 뽑아 들었다.

파아앗!

카르얀의 몸이 쏘아져 나갔다.

"꾸엑! 뒤, 뒤에 인간 있다! 우리 공격한다!"

맨 뒤의 놈이 깜짝 놀라 어설프게 창을 휘둘러 왔다.

카르얀은 피하지 않고 검날로 놈의 창날을 올려쳤다.

채애앵!

"꾸에에엑!"

놈은 창을 든 채 만세를 불렀다.

텅 빈 가슴으로 카르얀은 벼락처럼 검을 찔러 넣었다.

푸우욱!

"꾸륵……!"

입에서 녹색 피가 흘렀다.

검을 뽑자 피는 카르얀의 몸으로 튀었다.

"…우선 한 놈."

다음 녀석을 찾아 몸을 움직이는데, 놈들이 자신을 발견하고 소리를 질렀다.

"꾸에엑! 그냥 달린다! 우리 적! 식량 가진 인간! 저쪽은 식량 없다! 마을 간다! 공격! 공격! 꾸에에에엑!!"

"…어?"

당연히 돌아서 올 줄 알았는데, 자신을 무시하고 더 빠른 속도로 달리는 놈들.

카르얀은 그들의 선택에 일순 당황하였다.

"…뭐 이런 무식한 놈들이 다 있어? 뒤의 놈들이 죽든 말든 상관 않겠다는 거냐? 그럼 니들이 식량을 얻어도 어떻게 살아 돌아갈 건데?"

카르얀의 논리 따윈 돼지 인간들에게 통하지 않았다. 그들의 머릿속에는 오직 식량만이 존재했다.

"공격!! 마을 인간 다 죽여라! 식량 뺏는다! 쿠와아악!"

놈들은 맹렬한 기세로 마을을 공격했다.

"오크다!! 오크 떼가 왔다!!"

"여자와 아이들을 회관으로 들여보내!!"

"남자들은 전부 무기를 들어!! 없으면 농기구라도 들고 나와!!

자경단을 돕기 위해 마을 남자들도 목숨을 걸고 앞으로 나섰다.

콰아앙!

쾅쾅!

오크들이 바리케이드를 몸으로 부딪쳐 뚫어 냈다.

"막아!! 우리의 등 뒤에는 부모님과 처자식이 있다!!"

"와아아!! 마을을 지키자!! 오크 떼를 몰아내자!!"

자경단원들과 바리케이드를 부순 오크들이 충돌했다.

채애앵!

오크들은 타고난 힘으로 창대를 부웅부웅 휘둘러 댔고 자경단원들은 평상시 훈련했던 대로 조를 나눠 합공을 펼쳤다.

"꾸에엑! 죽어라! 인간! 다 죽이겠다!"

"닥쳐! 이 오크! 너희야말로 여기서 죽을 거다!"

백중지세의 싸움이 벌어졌다.

카르얀은 오크들의 후미에서 뒤처진 놈들을 하나씩 죽이며 빠르게 마을로 접근했다.

전투는 격렬했다.

짧은 시간이었는데도 이미 몇 명의 사상자가 나타났다.

카르얀은 창끝에 배를 꿰뚫리고 고통스러워하며 쓰러져 있는 마을 청년을 보고 이를 악물었다.

오크들 또한 굶주림을 견디지 못하고 쳐들어온 것일 테니 무조건 악한 존재로 치부할 수는 없는 노릇이다.

그러나 분명한 사실은, 놈들을 죽이지 않으면 마을 사람들이 죽는다는 점이다.

카르얀은 전생에도 인간이었고 현생에도 인간이다. 때문에 오크들의 굶주림보다는 같은 인간으로서 아빠가 죽을까 봐 창밖을 향해 울부짖고 있는 어린아이들에게 마음이 갔다.

"꽤 하는군!"

카르얀은 오크들의 실력이 만만찮음을 깨달았다.

뒤의 놈들은 별거 아니었다.

무리의 앞에서 달린 놈들일수록 강력했다.

자경단원들의 잘 훈련된 연합 공격이 아니었다면, 이미 방어선은 전부 밀리고도 남았으리라.

"…저 연합 공격은 우리 애들한테 가르쳐도 효과가 좋겠는데?"

이런 상황에서도 고아원 아이들을 단련시킬 방법을 찾아내는 카르얀이었다.

"그런데 저런 훈련은 누가 가르쳐 준 거지?"

콰아앙!

카르얀이 마을에 거의 다다랐을 때였다.

엄청난 소리가 나더니, 오크 한 마리가 하늘을 날았다.

카르얀은 오크 떼를 향해 검을 내리치려다 자신도 모르게, 오크가 비행하는 돈 주고도 못 볼 광경을 멍하니 바라보고 말았다.

"꾸에에에엑!!"

부서진 수레 파편과 함께 날아오른 오크는 잠시 후, 불쌍하리만치 끔찍한 몰골로 땅에 처박혔다.

카르얀은 오크가 날기 시작한 곳으로 눈을 돌렸다.

"…대장 오크?"

웬만한 오크들보다 머리 하나가 더 큰 엄청난 근육의 오크가 포효를 질러대며 대검을 휘두르고 있었다.

"웅?"

…아니, 자세히 보니 오크를 닮은 사람이다.

카르얀은 훈트가 떠올랐다.

랑스가 늘 오크라며 놀려 댔는데, 훈트가 새끼 오크라면 저 사내는 대장 오크다.

오크를 닮은 그 중년 남자는 자경단과 마을 청년들에게 지시를 내리며, 맨 앞에서 오크들과 몸을 부딪치고 있었다.

"크오오! 이 마을은 우리의 마을이다! 썩 꺼져라!"

부우웅!!

웬만한 힘 가지고는 들지도 못할 대검을 장난감 다루듯이 돌려대는 남자.

마나를 운용하는 느낌은 들지 않았다.

결국 타고난 힘이 장사라는 소리.

근골만 놓고 본다면 용병 길드의 마스터 하크나 경비대 총대장과도 견줄 만했다.

어릴 때 마나를 느끼는 법만 배웠더라도 충분히 어디 가서 기사 자리를 꿰찼을 재목이었다.

카르얀은 그가 지휘하는 모습을 보며, 마을 청년들과 자경단원들에게 연합 공격을 가르친 이가 누구인지 알게 되었다.

이런 작은 마을에 저런 인물이 있다는 점은 놀라웠지만, 거기까지였다.

"대단하지만… 저런 식으로는 오래 못 버텨."

카르얀의 예상대로 오크들의 집중 공격에 남자의 움직임

은 금세 둔해져 갔다.

마나를 운용하는 게 아닌 이상, 힘만으로 폭주하다가는 근육에 무리가 가고 만다.

"이, 이놈들이!"

부우웅!

카앙!

남자가 대검을 휘두르면 피하기 바빴던 오크들이, 방패로 막아 냈다.

"꾸엑! 인간 남자! 지쳤다! 죽인다! 죽인다!"

"크윽! 시, 시끄럽다! 이 오크 놈들아!"

남자는 다시 대검을 들어 올렸지만, 이제 힘에 부치는 기색이 역력했다.

"허억… 허억……."

싸움이란 원래 체력 소모가 극심한 행위다.

높은 집중력을 요하는 실전은 더욱 그렇고 생사가 오가는 혈투는 더더욱 그러하다.

너무 돋보인 탓에 집중 견제를 받은 남자의 체력은 완전히 고갈되었다.

"노튼! 물러서!"

남자와 비슷한 연배로 보이는 중년 남성들이 뒤에서 다급하게 소리쳤다.

"내가 물러서면 우리는 지고 말아! 자리를 지켜야 해!"

노튼은 거부하고 끝까지 오크들과 맞섰다.

"안 돼요! 대장! 물러서요! 위험해요!"

노튼을 따르는 마을 청년들도 외쳤다.

"약한 소리 마라! 내가 막을 테니! 너희야말로 후퇴해서 방어선을 뒤로 물려!"

노튼은 밀려드는 오크 떼를 향해 거칠게 저항했다.

이 마을은 사정에 따라 포기할 수 있는 장소가 아니었다. 한심했던 자신에게 새로운 삶을 시작할 수 있게끔 기회를 준 땅이었다. 차라리 죽을지언정, 물러날 수는 없었다.

"아빠아!"

순간, 노튼을 비롯한 오크와 싸우던 이들이 전부 놀라 뒤를 돌아보았다.

"…노, 노튼! 자네의 딸이 밖으로 나왔어!"

일곱 살 난 여자 아이가 싸움터의 구석에서 노튼을 바라보며 울고 있었다.

"제인! 왜, 왜 나온 거냐!"

노튼은 평점심을 잃었다.

아이의 뒤로 마른 체형의 중년 여성이 달려왔다.

"제인! 이리 오렴! 나가면 안 된다고 했잖니!"

"엄마! 그, 그치만… 아빠가! 아빠가!"

마을 회관에 숨어 싸움을 지켜보다 참지 못하고 뛰쳐나온 제인, 그리고 노튼의 아내이자 제인의 엄마인 그녀도 놀라

제인을 데리러 나오고 말았다.

오크들은 약자가 나타나자 곧바로 달려들었다.

"꾸에엑! 인간 여자! 약하다! 죽여라!"

노튼은 찰나지간 정말 많은 생각을 했다.

구하러 가야 하나? 그러나… 지금 자신이 이곳에서 물러나면, 오크들은 물밀 듯이 밀어닥칠 것이다.

자신이 버텨 줘야 다른 녀석들이 방어선을 정비할 시간을 얻을 수 있다.

그럼… 아내와 딸을 포기해야 한단 말인가.

자신에게 새로운 삶을 주고 이곳에 정착할 수 있게 해준 아내와… 눈에 넣어도 아프지 않은 딸을 이대로 두어야 한단 말인가.

죽음을 목전에 둔 사람처럼, 노튼의 뇌리에 아내와의 추억들이 주마등처럼 스쳐갔다.

"…꺄악! 아빠!"

오크가 덤벼들자 놀란 제인은 공포에 질려 비명을 뱉어냈다.

마을 청년들은 구하러 가고 싶어도 발을 뺄 수가 없었다. 오크들로부터 등을 돌리기에는 실력이 부족했다. 몸을 빼낼 실력이 있는 이는 노튼뿐이었다.

누군가 외쳤다.

"대장! 괜찮으니까 가족을 지켜요! 우리 모두… 그래서 싸우는 거잖아요!"

그 말을 듣고 노튼은 갈등을 마쳤다.

노튼은 크게 검을 한 번 휘둘러 오크들을 떨쳐 내고 딸과 아내를 구하기 위해 몸을 돌렸다.

방어선이라든가… 그런 것들은 생각지 않기로 했다. 어떤 녀석이 외친대로… 우리는 모두 가족을 지키기 위해 싸우는 거니까.

"으아아아!"

누구도 그를 탓하지 않았다.

다들 자신이 그와 같은 상황이라도 그렇게 행동했을 것임을 잘 알고 있었다.

자신의 처자식을 구하겠다는데, 어느 누가 그를 비난할까.

"방어선을 구축해라!! 노튼이 죄책감을 갖지 못하게… 뚫리면 절대 안 돼!!"

자경단은 절규에 가까운 고함을 쏟아내며 오크들의 공격을 막아 냈다.

훌륭한 투지였다.

그러나 현실은 냉정한 법.

노튼이 후퇴하자 오크들은 기다렸다는 듯이 쳐들어오기 시작했다.

마을 입구는 순식간에 오크들에게 점령당했다.

자경단과 청년들은 그 광경을 보고 절망을 느꼈다.

몇 년 간 잘 견뎌왔는데 오늘이 끝인가 보다.

"…이, 이곳에 뼈를 묻자! 우와아악!"

숱한 절규와 비명이 들려와도 노튼은 뒤를 돌아보지 않았다.

돌아보면 자신의 발이 멈출 것이고 그럼 어느 쪽도 구하지 못하는 결과를 맞게 될 것이다.

노튼은 필사적으로 달렸다.

아내가 창에 찔리기 직전, 검으로 놈들의 창을 겨우 쳐 냈다.

채애앵!

"여보!"

"아빠!"

노튼은 얼른 아내와 아이를 자신의 뒤로 보냈다.

"내 등 뒤에 있어! 절대 앞으로 나오지 마!"

둘은 하얗게 질린 얼굴로 고개를 끄덕였다.

"꾸엑! 인간! 우리 오크 많이 죽인 인간! 죽어라! 죽어라!"

채앵! 채애앵!

큰 검날로 머리 위를 막았다. 그곳으로 창이 계속 떨어져 내렸다.

노튼은 다리에 힘을 주고 자리에서 일어났다.

"으아아아! 꺼져라! 이 괴물들아!"

파아앗!

혼신의 일격이었다.

노튼의 대검이 지척에 있던 오크의 머리를 베고 지나갔다.

머리가 하늘로 치솟고 녹색 피가 분수처럼 뿜어졌다.

마지막 남은 힘까지 쥐어짜내 나머지 오크 두 마리도 물리쳐 낸 노튼은 다리가 후들거려 검을 땅에 푹 찔러 넣고 몸을 기댔다.

전방을 바라보았다.

역시 방어선은 뚫리고 말았다.

자경단원들은 목숨이 경각에 달린 나머지, 연합 공격조차 잊고 허둥대다 오크들에게 목숨을 잃고 있었다.

"끝인가… 마을이… 이대로 끝나는 건가……."

노튼은 좌절했다.

이제는 싸우러가도 막기엔 늦었다.

힘도 떨어졌다.

정말로 끝이라는 생각이 들었다.

그때, 아내가 그를 불렀다.

"여, 여보. 저기 웬 아이가……."

아이?

노튼의 시선이 아내의 손끝을 따라갔다.

그녀가 가리킨 곳은 오크들의 뒤편이었다.

날뛰는 오크들에게 가려 잘 보이지 않았지만, 자세히 보니 놈들 사이로 한 어린 소년의 모습이 보였다.

노튼은 대경했다.

"…이런! 위험해! 모, 모두 들어라! 또 아이가 나왔다! 오크들의 뒤에 어린아이가……."

자경단원들에게 아이를 구해야 한다고 외치려던 노튼은 도중에 그만 입을 다물고 말았다.

노튼은 눈을 비볐다. 고개를 갸웃거렸다. 그리고 입을 쩍 벌렸다.

겨우 십대 초반으로 보이는 소년이었다.

그런데 그 소년은 오크 무리를 자유롭게 누비고 있었다.

"와아! 잘한다! 괴물들을 물리쳐 줘!"

제인은 주먹을 꼬옥 쥐고 멀리 보이는 소년을 응원했다.

노튼과 그의 아내는 서로를 바라보며, 자신들이 지금 보고 있는 광경이 정말 현실이 맞느냐고 눈빛으로 물었다.

아이가 움직이자, 아이보다 두 배는 큰 오크가 머리부터 가랑이까지 반으로 갈라져 땅으로 쓰러졌다.

또 단단하기 그지없던 오크의 팔다리도 두부처럼 잘려 나갔다.

질긴 근육과 두꺼운 뼈 때문에 저렇게 베어 내기가 얼마나 힘든지 누구보다 잘 아는 노튼이었다.

기적이다.

노튼은 크게 외쳤다.

"전부 들어!! 뒤쪽의 아이를 구해… 아니, 도와라!! 그 아이를 엄호해!! 그럼 이길 수 있다!! 포기하기에는 일러!!"

카르얀이 막아서는 오크들을 물리치고 싸움의 중심으로 들어선 순간.

판은 뒤집혔다.

제7장

노튼의 과거

카르얀은 늑대를 잡으러 왔다가 오크를 잡고 있었다.

단점은 오밤중에 잠도 못자고 갑자기 생고생을 하고 있다는 점이고 장점은 자신이 바란 대로 실전 경험을 실컷 쌓을 수 있다는 점이었다.

파아앗!

참마혈뢰검의 초식들이 폭풍처럼 쏟아져 나왔다.

위력은 마음에 들지 않았지만, 기술을 손에 익힌다는 의미에서 카르얀은 만족하기로 했다. 위력이야 무극파천심공을 성취하면 자연히 높아질 테니까.

카르얀은 검을 이리저리 내치며, 오크들을 유린했다.

채앵! 챙챙!

검은 춤을 추며 청명한 울림들을 만들어 냈다.

실전을 통해 카르얀은 또 한 가지를 배웠다.

'…전생에 쓰던 검이랑 이곳의 검은 너무 달라!'

무겁고 딱딱했다.

2년 전, 경비대 본부에 쳐들어갔을 때도 경비대원들이 이런 검을 사용하는 걸 봤다.

그때는 그들이 일부러 그런 검을 만들어 쓰는 줄 알았다.

한데, 자신의 검도 그렇다.

파앗!

오크 한 마리를 베어 넘기며 카르얀은 생각했다.

'이거 안 되겠는데. 돌아가면 참마혈뢰검에 맞게 검을 만들어야겠어.'

카르얀은 이번 일을 마치고 받을 의뢰비를 투자해 검을 장만하기로 했다.

아이들도 이해해 줄 거라고 믿었다.

검이 손에 맞아야 경험을 쌓는 의미가 있다.

성격이 다른 검을 쓰다가 이상한 버릇이라도 배어 버리면 큰일이니까.

"꾸엑! 인간 어린애! 더 강하다! 제일 강하다! 죽여라! 빨리 죽여라!"

카르얀은 자신의 검에 찔려 고꾸라지는 오크의 등을 밟고 멀리서 명령만 내리고 있는 얌체 같은 오크 놈에게 단숨에 날아갔다.

"쿠익! 나, 나한테 온다! 내가 만, 만만하냐! 꾸에엑!"

타악.

놈의 앞에 사뿐히 내려선 카르얀은 미소 띤 얼굴로 말했
다.

"난 뒤에서 명령만 내리는 애들이 싫거든."

명령도 내리고 직접 싸우는 노튼 같은 이는 괜찮다.

멋지지 않은가.

자신도 그런 유형의 리더가 되고 싶다.

하나, 명령 '만' 내리는 이런 비겁한 놈들은 아주 꼴 보기
가 싫다.

"꾸엑! 나 오크다! 나도 싸운다! 덤벼라! 인간! 크릉! 크
릉! 크릉!"

"오냐! 어디 실력 한 번 보자!"

파앗!

카르얀의 검이 무섭게 뻗어 나갔다.

붉은 실이 일렁이는 검날은 정확히 오크의 목을 노렸다.

"꾸룽! 나 오크 전사! 죽어라!"

오크는 창으로 검을 쳐내고 어깨로 밀고 들어왔다.

카르얀은 체구가 한참 작은 자신에게 몸통 박치기를 시도
하는 오크를 보고, 얘들이 머리가 나쁘긴 나쁘다는 사실을
다시금 깨달았다.

키가 작은 자신에게 무리하게 어깨를 부딪치려다 보니 몸의 중심이 완전히 앞으로 쏠렸다.

카르얀은 이 바보 놈에게 장단을 맞춰 주기 위해, 마찬가지로 몸을 웅크린 뒤 어깨 공격을 하는 척했다.

"너 인간! 나 오크! 힘 더 세다! 너 죽는다! 쿠와악!"

"그건 네 희망이고!"

카르얀은 놈과 몸을 부딪쳐 갔다. 그리고 마지막 순간, 대쉬하던 발을 멈추고 몸을 옆으로 틀었다.

"꾸엑?"

카르얀이 갑자기 방향을 바꾸자, 오크는 부딪쳐 오던 속도를 이기지 못하고 앞으로 넘어지고 말았다.

우당탕!

"꾸에에엑! 인간! 너 피했다! 내가 이겼다! 이제 죽어라!"

넘어진 오크는 의기양양하게 일어났다.

파아앗!

일어서는 오크의 정수리로 붉은 빛이 섬뜩하게 파고들었다.

"꾸, 꾸륵……?"

어리둥절한 얼굴로 카르얀과 자신의 몸을 바라보는 오크, 머리가 두 쪽으로 갈라지더니, 종잇장처럼 찢어지기 시작했다.

"미안하다. 잘 가라."

원래 전투란 냉혹하다.

카르얀은 다른 오크들에게 공포를 심어 주기 위해, 일부러 더욱 화려하고 잔인한 방법을 골랐다.

"꾸에에엑! 인간 아이! 강하다!"

"알면 도망쳐 이 몬스터들아."

싸움이 길어질수록 마을 사람들의 피해는 늘어난다.

카르얀은 최대한 빨리 전투를 종결지으려 했다. 그러나 오크들은 뇌조차 근육인지 도망치질 않았다.

질 게 뻔해도 그들은 달려들었다. 원수라도 졌는지 마을 사람들을 한 명이라도 더 죽이려 안달이었다.

"꾸에에엑! 우리 죽는다! 굶어 죽는다! 우리 전사! 차라리 싸우다 죽겠다!"

굶어 죽을 바에야 싸우다 죽겠다는 건가.

카르얀은 결국, 자경단원들의 엄호를 받으며 계속 싸워야 했다.

카르얀 덕분에 휴식을 취한 노튼이 체력을 회복하고 복귀했다.

전세는 이제 압도적이었다.

그래도 오크들은 싸웠다.

카르얀은 천류무흔보를 밟아 가며 이곳저곳에서 활약했다. 위기에 처한 자경단원의 목숨을 구하고 오크를 베어 넘기고 노튼의 공격을 돕고 다른 곳으로 사라진 후 또 다른 오크 한 마리를 죽였다.

그야말로 신출귀몰.

어느새 위기감을 벗고 하나둘씩 마을 회관 밖으로 나온 주민들은 카르얀의 영웅적인 모습에 환호를 보냈다.

싸움은 새벽 동이 터올 무렵 마무리되었다.

마을을 공격해 온 수십 마리의 오크 떼는 전멸했다. 한 마리도 살아남지 못했다.

굶주림에 지친 오크들은 돌아갈 곳이 없었기에, 도망조차 치지 못한 것이다.

"…안 됐지만, 우리도 식량이 부족하기는 마찬가지야."

오크의 시신을 치우며 노튼은 씁쓸한 어조로 말했다.

만약 풍족한 시대였다면, 식량을 나눠 주고 상부상조를 할 의향도 있었다.

오크와 더불어 사는 게 가능한지는 자신이 몬스터 학자가 아니니 알 수 없지만, 마음만큼은 그러했다.

그들도 굶주림이 얼마나 괴로운 일인지 잘 아니까.

그러나 시국이 어지러웠다.

십여 년 전, 황제가 갑작스레 식물인간이 되어 버린 뒤 나라는 각지에서 일어나는 영지전으로 홍역을 겪는 중이었다.

좋은 말로는 군웅할거의 시대라고 부를 수도 있겠으나,

실질적으로는 제국이 조각조각 나뉘어 무차별적으로 내전을 일으키고 있는 셈이다.

황태자 또한 그중 하나의 세력으로서 수도를 지키는데 급급할 뿐, 나라를 다스릴 만한 여유가 없었다.

바르시안 제국의 힘 아래 굴복하고 있던 주변 왕국들도 제국 내부에 첩자들을 심어 놓고 세력 싸움의 추이에 신경을 곤두세우고 있었다.

그런 혼란한 세상 속에서 신음하는 건 백성들이었다.

각 영지마다 병력 증강에 열을 올린 결과, 백성들이 일궈낸 곡식들의 대부분이 군량으로 영주의 창고에 쌓여 갔다.

분위기가 흉흉하다 보니 상단의 활동이 줄어들었고 경제 활동의 축소는 물가의 상승으로 이어졌다. 백성들은 전쟁터가 아니라 집에서 죽어 가고 있었다.

노튼은 길게 한숨을 내쉬었다.

그리고 마을 회관 앞에서 촌장과 대화를 나누고 있는 카르얀에게로 향했다.

오늘, 오크들은 전과 달리 배수의 진을 치고 덤벼들었다.

저 어린 친구가 아니었다면 이 마을은 사라졌을 것이다.

제대로 감사를 표하고 보답을 하지 않으면 안 된다.

카르얀은 촌장에게 베네딕트 용병 길드에서 왔다는 걸 알리고 용병패를 보여 주어 신분을 증명했다.

촌장은 고맙다며 잘 와 주었다고 카르얀의 손을 꽉 잡고 눈물을 흘렸다. 그리고 말을 꺼내지도 않았는데, 먼저 늑대 퇴치 의뢰비의 스무 배에 달하는 금액을 주겠다고 약속했다.

마음 같아서는 백 배라도 더 주고 싶은데 마을의 사정이 어려워 그 이상은 마련하기가 힘들다고 말하였다.

카르얀은 이게 웬 횡재인가 싶었다. 하지만 고개를 젓고 절반만 받겠다고 했다.

"아니, 왜……."

촌장은 울다가 놀라 고개를 들었다.

지금까지 이런저런 자잘한 의뢰들로 많은 용병들을 만나 왔지만, 돈을 더 주겠다는데 거절하는 용병은 처음이었다.

다들 어떻게든 한 푼이라도 더 받아가려고 하는 작자들이었다.

카르얀은 대답했다.

"나머지 절반은 오크와 싸우다 돌아가신 분들의 가족 분들에게 주세요. 제가 드리는 조의금입니다."

촌장은 카르얀의 마음에 감격하여 흐느껴 울었다.

"…고맙구나. 고마워."

카르얀은 머쓱한 얼굴로 뒷머리를 긁적였다.

그때, 노튼이 다가와 그를 불렀다.

"아이야, 카르얀이라고 했느냐?"

카르얀은 몸을 돌렸다.

가까이서 보니 더 오크처럼 생긴 덩치 큰 중년 사내가 자신을 내려다보고 있었다.

"네."

노튼은 감사의 말을 전하고 촌장에게 의뢰비를 올려 주라고 말하러 온 참이었다.

그런데 이미 촌장이 말을 했는가 보다. 그리고 아이는 절반만 받겠다고 했다.

십대 초반의 소년이 어른들보다도 더 생각이 깊었다.

노튼은 말문이 막혔다.

어떤 식으로 보답을 해야 할지 알 수 없게 되어 버렸기 때문이었다.

결국 그는 가장 전통적인 방식의 답례를 하기로 했다.

"…집에서 식사를 대접하고 싶구나. 내 아내가 요리를 잘한단다."

카르얀은 흔쾌히 응했다.

"감사합니다."

오크의 공격으로 부서지거나 불에 탄 집들도 여러 채였는데, 노튼의 집은 다행이도 멀쩡했다.

노튼을 따라 안으로 들어갔다.

좀 전에 본 노튼의 아내와 일곱 살 딸아이, 네 살 쯤 되어 보이는 막내아들이 카르얀을 반갑게 맞아 주었다.

"와아! 엄청 센 오빠다!"

제인은 신기해하며 카르얀의 주위를 맴돌았다.

"어서 와요, 어린 용병님. 이곳에 앉으세요."

노튼의 아내, 에린은 한참 어린 카르얀에게 깍듯이 존댓말을 썼다. 마을 사람들의 생명을 구해 준 은인이라 여기기에 가능한 일이었다.

카르얀은 식탁에 앉았다. 노튼도 맞은편에 앉았다.

에린은 아이들을 재우고 오겠다며, 일단 2층으로 올라갔다.

새벽에 그 사단을 겪으며 아이들은 현재 비몽사몽한 상태였다.

"아이들이 귀엽네요."

노튼은 카르얀의 말에 어렴풋이 미소를 지었다.

자기도 어린애면서, 그런 말을 하는 카르얀이 귀여웠기 때문이다.

"…빈말이라도 고맙구나."

"빈말 아닌데요. 귀엽잖아요."

"하하, 엄마를 닮아야 하는데 날 닮아서 벌써부터 마을 아이들에게 오크 같다고 놀림을 받는다더구나. 남들이 보기에 귀엽지 않다는 건 나도 알고 있단다."

하긴, 아까 본 아이들은 하필 대장 오크 같은 노튼을 닮아버렸다. 엄마를 닮았어야 하는데…….

조금은 안쓰러운 마음이 들었다.

"…제 친구 중에도 오크 같다고 놀림 받는 녀석이 하나 있는데. 친구도 많고 성격도 밝고 잘 지내요. 아저씨 아이들도 잘 지낼 수 있을 거예요."

"그야… 그럼 좋지."

아이들이 외모 때문에 따돌림을 받는 건 아닌지, 걱정을 하던 노튼이었다.

"그나저나… 끔찍한 광경을 봐서 큰일이네요. 기억에 남지 않아야 할 텐데."

"제인은 괜찮아 보이더구나. 둘째는 회관 안에 있어서 아무 것도 보지 못했고."

"제인은 두려워서 도리어 밝은 척을 하고 있는지도 몰라요. 유심히 살펴봐 주세요. 제가 봐 온 아이들은 그랬거든요."

현실도피를 하는 아이들은 밤마다 악몽을 꾼다.

무의식의 세계는 솔직하니까.

평소 밝아 보여도 잠만 자면 엄마 아빠가 자신을 죽이러 온다며 무섭다고 잠을 못 자는 아이도 있었다.

부모에 대한 원망과 두려움이 그런 식으로 표출되는 것이다.

아이가 괜찮아 보인다고 해서 그냥 놔두기 보다는, 부모가 제대로 이야기를 해 주고 이해를 시켜 안정을 찾게끔 해 주어야 한다고 카르얀은 생각했다.

그래야 제인도 꿈속에서 끔찍한 상황과 마주하지 않을 테니까.

밝아 보이더라도 한동안은 부모가 잘 보살펴 줘야 할 것이다.

"…친구가 많은가 보구나."

"네, 4살 때부터 고아원에서 살았거든요. 친구가 한 삼백 명쯤 되어요."

"…고아원?"

노튼의 표정이 살짝 변했다.

"베네딕트 성의… 고아원 출신이더냐?"

카르얀도 그의 말투가 조금 달라졌음을 느꼈다.

그는 동요하고 있었다.

"네, 지금도 살고 있어요."

"…그래, 그랬구나. 고생이 많았겠구나."

"꼭 그렇진 않아요. 남들과 다른 삶일 뿐, 못한 삶이라고는 생각 안 하니까요. 언제든 믿고 등을 맡길 수 있는 친구들이 잔뜩 있어서 좋아요."

"······."

노튼의 말수가 급격히 줄어들었다.

카르얀은 그의 얼굴에서 과거를 회상하는 한 노인의 얼굴을 보았다. 전생에 할아버지가 자주 짓던 표정이었다.

아련히 어딘가를 응시하는 듯한 그런 눈동자다.

카르얀이 화제를 바꾸려고 다른 말을 꺼내려는 찰나였다.

"그런데 오크들이······."

오크들이 자주 습격해 오는 편이냐고 물으려는데, 노튼이 말을 끊었다.

"미안한데··· 혹시 네가 말한 그 오, 오크를 닮았다는 친구··· 아니다. 아니야. 내가 헛소리를··· 아차, 내가 물 한 잔도 내오지 않고 있었구나. 기다리거라."

노튼은 서둘러 자리에서 일어났다.

부엌으로 가는 노튼의 등을 바라보며 카르얀은 고개를 갸우뚱하고 움직였다.

"···뭐지?"

왠지 이상한 기분이다.

뭘까?

그때, 2층에서 아이들을 재우고 에린이 내려왔다.

"겨우 재웠어요. 배고프시죠? 드시고 싶은 메뉴가 있으신가요?"

마침 배에서 꼬르륵 소리가 났다. 카르얀은 배를 쓰다듬고는 말했다.

"그냥 아무거나 주시는 대로 잘 먹겠습니다."

에린은 웃었다.

"어머, 역시 용병님이시네요. 저희 아이들도 주는 대로 잘 먹으면 참 좋을 텐데. 요즘 편식이 너무 심해져서……."

'편식 따윈 계속 쫄쫄 굶기면 고쳐질 텐데.' 라고 카르얀은 생각했지만, 입 밖으로 내지는 않았다.

노튼이 잔에 물을 따라 왔고 에린은 그를 지나쳐 부엌으로 향했다.

그녀가 요리를 하는 동안 카르얀은 노튼에게 몇 가지 궁금했던 점을 물었다.

좀 전에 노튼이 꺼내다 만 얘기는, 왠지 노튼에게 민감한 문제 같아 일부러 피했다.

"아! 군대에 계셨군요? 자경단원들의 그 연합 공격은 정말 대단했습니다."

"하하, 군대에서는 다들 하는 건데 대단할 게 뭐 있나. 난 그냥 경험을 바탕으로 여기 청년들에게 전수만 했을 뿐이지."

"군대에서는 얼마나 계셨습니까?"

"으음, 보자. 열일곱부터 스물일곱까지 있었으니 10년이로군."

"오래 하셨네요. 왜 그만두셨어요?"

"…사고를 쳤어. 군대 내에서 도박을 주도하다가 걸려서 쫓겨났다네. 내 입으로 말하긴 뭐하지만 내가 젊은 시절에 혈기가 왕성했거든. 술도 많이 마셨고."

"아…네."

"창피한 얘기지. 자식들에게는 아마 평생 말 못할 거야."

술과 도박이라.

노튼의 이미지와 전혀 안 어울리는 단어였다.

지금의 노튼은 마을 사람들에게 신뢰받고 있었고 아이들에게도 영웅이었으며, 누구보다 가정적인 남편이자 아빠로 보였다.

그런 그도 젊을 때는 꽤 방황을 했나 보다.

"말도 마세요. 처음 만났을 때는 군에서 쫓겨나 일자리도 못 구하고 문제만 일으키고 다니는 건달이었어요."

에린이 음식을 내오면서 말을 보탰다.

카르안은 새삼스런 눈으로 노튼을 보았다.

"매일 술에 절어 있었고 여자 문제는 또 어찌나 복잡했는지……."

에린의 말에 노튼은 고개를 끄덕였다.

"알코올중독에 도박 중독이었어. 그런 내게 새로운 삶을 살게 해 준 사람이 바로 에린이야. 어린 시절의 소꿉친구였는데, 우연히 만났지. 그 후로 끈질기게 날 따라다니며 정신 차리라고 말해 주었어."

그리고 결국 에린의 정성으로 노튼은 새사람이 되었고 둘은 평화롭고 조용한 마을을 찾아 정착했다는 얘기다.

카르얀은 에린의 끈기에 박수를 쳐 주고 싶었다.

"두 분 다 대단하시네요. 에린 아주머니의 노력도 그렇지만, 노튼 아저씨도 강한 의지가 없었다면 바뀌지 못했을 거예요. 두 분 모두 훌륭해요."

그 말에 노튼은 쓰디쓴 웃음을 띠고 낯빛을 굳혔다.

"훌륭하다라… 에린은 훌륭해. 그러나 난 아니야. 난 젊을 적에 잘못을 너무 많이 저질렀어. 난… 그저 속죄하는 마음으로 살고 있다네. 좋은 사람의 탈을 쓰고."

"여보."

에린이 나지막이 그를 불렀다.

노튼은 정신을 차리고 크게 웃음을 터뜨렸다.

"하하하! 내가 어린 친구에게 별 소리를 다 늘어놓았군. 식기 전에 어서 밥이나 들지."

카르얀은 잘 먹겠다고 인사하고 음식들을 입으로 가져갔다.

다들 조용히 식사에만 열중했다.

노튼이 잠깐 보여 준 무거운 모습은, 분위기를 어둡게 만들었다. 그것을 알았는지 노튼은 무리를 해 가면서까지 일부러 호들갑을 떨었지만, 에린의 거의 울 것 같은 표정 때문에 분위기는 호전될 기미가 없었다.

"흠흠, 재밌는 얘기 해 드릴까요?"

결국 노튼 때문에 우울해진 에린을 위해 카르얀이 나섰다. 카르얀도 이런 공기 속에서 식사를 계속하고 싶지는 않았다.

"재밌는 얘기? 네, 해 주세요."

"제가 성문을 나올 때 얘기인데요."

카르얀은 자신이 랑스와 함께 처음으로 외출을 할 때, 줄을 잘못 서는 바람에 엄청나게 오랜 시간동안 이를 갈며 기다려야 했던 일들을 신나게 떠들어 주었다. 이어서 속편으로, 용병이 된 후 용병패를 보여 줬음에도 아홉 시간이나 옥사에 갇혀서 또 이를 갈며 기다려야 했던 일도 과장을 50% 정도 섞어 이야기했다.

"어머, 그 성문 출입기록관 정말 너무하네요."

"그죠? 진짜 다음에 만나면 엉덩이를 발로 차 주고 싶다니까요. 하늘로 날아갔다 아홉 시간 뒤에 내려올 만큼 아주 세게요."

"네? 호호호. 정말 아프겠는데요."

카르얀의 노력으로 즐거운 식사 분위기가 형성되었다.

'암, 이래야 밥이 안 체하지.'

카르얀은 만족스러운 미소와 함께 와구와구 식사를 맛있

게 먹어치웠다.

식사를 마치고 잠시 휴식을 취한 뒤, 카르얀은 노튼과 에
린 부부에게 작별 인사를 했다.

"그럼 저는 늑대 퇴치를 하러 가 볼게요."

"꼭 하지 않아도 의뢰비는 이미……."

"하러 왔으니까 하고 갈게요. 늑대가 닭을 자꾸 잡아가서
곤란하다면서요. 산이 넓어 전부는 못하더라도, 의뢰에 적
힌 대로 열다섯 마리 정도는 잡고 가야죠."

"고맙네, 자네처럼 멋진 용병은 처음이로군."

"저도 이렇게 맛있는 음식은 처음이었습니다. 하하. 그럼
안녕히 계세요."

그들에게 인사를 하고 집을 나섰다.

마을 북쪽에 위치한 숲으로 가 늑대 열다섯 마리를 잡아
오면 이곳에서의 할 일은 다한 셈이다.

카르얀이 마을 입구를 막 지나치려는데, 뒤에서 누군가가
그를 불렀다.

"카르얀 님!"

뒤를 돌아보자 에린이 양 손에 작은 보따리를 들고 뛰어
오고 있었다.

카르얀은 멈춰 섰다.

"왜 그러세요?"

"이거 받으세요."

에린이 내민 보따리를 받자 손 안에 따뜻한 온기가 전해져 왔다.

"주먹밥이에요. 점심 때 요기라도 하세요."

카르얀은 환하게 웃었다.

"정말 감사합니다. 잘 먹을게요."

그리고 떠나려는데 에린이 다시 불렀다.

"잠, 잠시만요."

의아한 얼굴로 에린을 돌아봤다.

에린은 어두운 안색으로 머뭇거리고 서 있었다.

"…왜 그러세요?"

이내 결심을 했는지, 그녀는 입을 열었다.

"어린 용병님. 제가… 부탁을 하나 드려도 될까요?"

"부탁이요?"

"부탁이 싫으시면, 정식으로… 의뢰를 할게요."

"일단 내용을 알려 주세요. 어렵지 않은 일은 그냥 해 드릴게요."

"…네. 감사해요. 용병님이 떠나시고 나서 남편에게 들었는데……."

뜸을 들이는 그녀였다.

카르얀은 가만히 기다려 주었다.

그녀는 어렵사리 말을 꺼냈다.

"고아원 출신이라고 들었어요."

"네. 4살 때부터 고아원에서 8년을 살았죠. 앞으로도 계속 고아원에서 지낼 거고요."

"그래서 말씀드리는데… 베네딕트 성 내의 고아원에서… 한 아이를 찾아 주실 수… 있을까요? 잘 살고 있는지… 걱정이 돼서…….."

웃고 있던 카르얀의 표정이 조금 딱딱해졌다.

"…어떤 아이를 찾고 싶으신 건가요?"

"그이가… 노튼이… 절 만나기 전에 낳은 아이예요. 그래서는 안 되는데… 그래서는 절대 안 되는 거였는데… 노튼은 너무 혼란스러워서…….."

"버렸나요?"

카르얀은 단도직입적으로 물었다.

에린은 대답하지 못했다. 듣지 않아도 그녀의 반응으로 충분히 알 수 있었다.

"버려 놓고 이제와 왜 찾으시려는 거죠? 에린 아주머니를 만나기 전의 일이라면, 십 년도 넘게 흐른 일 같은데."

"…용기가 안 났어요."

아이의 엄마는 노튼과 우연히 만나 하룻밤을 보냈다. 신의 장난인지 그 하룻밤으로 아이가 생겼고 그녀는 아이를 낳자마자 노튼에게 떠넘기고 도망쳤다. 아이를 키우며 자신의 젊음을 낭비하고 싶지 않다는 이유였다.

노튼은 아이를 어찌해야 할지 몰랐다. 그래서 버려진 아이를 발견했다며 베네딕트 성에 신고를 했다. 그렇게 그는 자유로워졌다.

하나, 육체적 자유는 얻었지만 정신적으로 큰 짐을 짊어지게 되었다.

매일 밤마다 눈도 제대로 뜨지 못한 채 자신의 품에서 꼬물거리던 작은 아이가 떠올랐다. 죄의식은 무섭게 그를 쫓아다녔다.

그래서 에린을 만나기 전까지 더욱 더 방황을 해야 했다.

에린은 그 얘기를 처음 들었을 때, 선뜻 데려오자고 말을 꺼낼 수가 없었다. 다른 여자가 낳은 아이를 잘 키울 수 있을지, 확신이 서지 않았다. 자신이 그렇게 좋은 여자일까 하는 수많은 의심과 갈등이 그녀를 할퀴고 지나갔다.

그렇게 세월이 지났다.

그녀도 아이를 낳았다.

두 아이의 엄마가 되고 나니, 마음에도 변화가 일었다.

만약 이 아이들을 잃어버렸다면… 자신의 손으로 버렸다면… 자신은 살 수 있었을까.

노튼의 죄책감을 이해하게 되었다.

언젠가 아이를 찾아야겠다는 생각을 했다.

그러나 그 언젠가가 언제일까.

에린과 노튼은 그 아이에 대해 말을 꺼내지 않은지 수년이었다.

어느 쪽도 먼저 입을 뗄 수가 없었다.

그런데, 오늘 베네딕트 성의 고아원에서 자랐다는 한 어린 용병이 찾아왔다.

그녀는 지금의 기회를 놓치면, 두 번 다시… 용기를 낼 수 없을 거라고 여겼다.

"…노튼도 두려워했어요. 아이에게… 원망 받을 테니까. 작은 아이가… 자신을 미움으로 가득 찬 눈으로 쳐다보는 게 너무나도 두렵다고……."

카르얀은 알려 주었다.

"아이는, 부모를 아무리 원망해도. 그들이 찾아와 주길 기다리고 있습니다. 원망이 아무리 클지언정 그리움을 이기지 못하니까요."

에린은 주저앉아 울었다.

카르얀은 마음이 아팠다.

욱신거렸다.

"아이의… 이름을 알고 있습니까?"

에린은 눈물에 흠뻑 젖은 얼굴로 고개를 끄덕였다.

"네… 고아원에서 아이를 데려갈 때… 노튼이… 지어 줬다고……."

"그 이름이……."

"…훈트예요."

역시 그랬나.

카르얀은 웃었다.

대장 오크의 아이는 역시 새끼 오크였다.

'…훈트, 이곳에 네 집이 있구나.'

아침 일찍 산에 오른 카르얀은 점심 무렵이 지나서야 늑대 무리를 발견할 수 있었다.

늘어지게 잠을 자고 있는 놈들을 습격해 열다섯 마리의 늑대를 잡는 데는 그리 오랜 시간이 필요치 않았다.

찾기가 어려운 거지 찾으면 그때부터는 쉽다.

이놈들은 수십 년 동안 살면서 내단을 만든 영물이 아닌, 그저 단순한 늑대에 불과하니까.

참마혈뢰검이 한 차례씩 펼쳐질 때마다 늑대 한 마리가 이승을 하직했다.

마침내 열다섯 마리의 늑대를 잡고 보너스로 같은 무리의 늑대들을 몇 마리 더 잡은 카르얀은 길게 한숨을 내쉬었다.

파란 하늘과 떠다니는 구름이 참으로 여유롭게 느껴진다.

이제 훈트의 문제가 남았다.

늑대 퇴치보다 수배는 어려운 난관이다.

카르얀은 산 위에서 내려다보이는 절경을 곱씹으며 갈등을 거듭했다.

"…올바른 선택일까?"

결국 인생에 답 따위는 없다는 결론을 내린 카르얀은 노튼을 데리러 산을 내려갔다.

마을 어귀로 접어들자 짐을 한가득 싸 들고 자신을 기다리고 있는 노튼과 그의 아내 에린이 보였다.

집으로 찾아가겠다고 말을 했건만, 마음이 급한 모양이다.

"나와 계셨네요."

노튼이 멋쩍은 듯이 웃었다.

"…가만히 기다리기가 힘들어서."

십이 년 만에 아들의 얼굴을 보는데, 진정이 된다면 그것도 이상한 일이다.

카르얀과 노튼은 에린이 싸 준 도시락을 받아 들었다.

"여보, 조심해서 다녀오세요. 카르얀 님, 저희 남편을 잘 부탁드려요."

에린도 함께 가고픈 마음이었지만, 아이들을 돌봐야 했기에 집에 남기로 했다.

그녀를 두고 카르얀과 노튼은 발걸음을 뗐다.

멀어지는 두 사람을 바라보며 에린은 한참이나 손을 흔들고 서 있었다.

"…고맙네."

마을을 완전히 벗어나 베네딕트 성으로 향하는 관도에 들어설 즈음 노튼이 말했다.

카르얀은 어깨를 으쓱여 보이고는 답했다.

"저는 그저 안내만 할 뿐인 걸요."

"그래도… 고맙네."

"……."

카르얀은 말없이 그냥 한 번 웃어 주었다.

노튼의 얼굴은 무척 복잡해 보였다. 아들을 본다는 사실에 들뜬 것도 잠시, 베네딕트 성이 가까워질수록 그는 현실적인 문제에 부딪쳤다.

저 멀리 성의 모습이 보일 때 쯤, 노튼은 물었다.

"카르얀. 너는… 내가 훈트를 데려가도 괜찮겠느냐?"

그들의 사이를 이미 들어 알고 있는 노튼이었다.

그는 카르얀의 말대로 훈트가 그곳에서 행복하게 지내고 있다면, 자신이 어떻게 해야 할지 갈피를 잡기 힘들었다.

카르얀은 대답했다.

"괜찮지 않아요. 친구를 잃는데 어떻게 괜찮을 수가 있겠어요. 우리는 이미 가족인데."

"그래……."

"하지만 훈트가 부모님을 찾아 더 행복해질 수 있다면, 진심으로 축하해 줘야죠."

"…난 내가 어떤 결정을 내려야 할지 모르겠구나."

카르얀은 좀 전에 산 위에서 자신이 내린 답을 그에게 일러 주었다.

"인생에 답 따위는 없지 않을까요. 직접 가서 보고 정말로 마음이 가는 대로… 결정하면 돼요. 미리 겁먹고 고민하지 마세요."

중요한 사실은, 두 사람 모두 훈트의 행복을 바란다는 점이다.

그것만이 중요하다.

카르얀과 노튼은 성문 앞에 도착했다.

"네가 말한 성문 출입기록관이 있니?"

"저기 있네요."

카르얀은 두 번씩이나 자신을 물 먹인 ―첫 번째는 자신과 랑스의 실수였지만― 성문 출입기록관을 찾아갔다.

다행스럽게도 그는 카르얀을 알아보았다.

"엇! 그 꼬마 B급 용병!"

"꼬마는 빼세요."

"어린 B급 용병!"

"문 열어 주실 거죠?"

"당연히 그래야지. 약속했잖은가."

"일행이 있는데 같이 가도 되죠?"

출입기록관은 고개를 끄덕였다.

"물론 되지! 약간의 통행료만 지불한다면 말이야."

그리고 뻔뻔하게 손을 내미는 그.

검집으로 후려쳐 그 손을 부러뜨려 버릴까 하다가 겨우 참았다.

"뇌물 받으시려고요?"

"뇌물이라니? 통행료일세."

예전에는 뇌물을 좀 쥐어 주더라도 빨리 통과하고픈 바람이 컸는데, 지금은 살짝 다르다.

카르얀은 이 출입기록관이 싫었다.

"용병에게 뇌물 요구했다고 길드를 통해 정식으로 항의하겠습니다."

"헛… 이, 이거 왜 이러나? 그리 큰돈을 달라는 것도 아니고. 자네 같은 용병들에게는 푼돈이나 다름없는……."

"항의할 겁니다."

카르얀의 단호한 태도에 출입기록관은 당황했다.

"왜 일을 크게 만들려고 해? 어려서 사회를 잘 모르나 본데… 다들 이렇게 서로 도와 가며 산다네. 이게 사회야."

"서로 뜯어먹고 사는 게 사회라고요? 그거 많이 바뀌어야겠는데요?"

"하하하, 그냥 가게. 내가 괜한 말을 했군."

"출입기록관님, 언젠가 위에서 해고 통보가 내려오면 제가 인맥을 동원해 수 쓴 줄 아세요."

"무슨 그런 끔찍한 소리를……."

"……."

"…저기, 내가 미안해. 그냥 농담으로 한 소리야."

"전 농담 아닌데요."

"……."

"……."

"…누구 높은 분이라도 아나?"

"알 만한 분들은 거의 다 알죠."

출입기록관은 카르얀의 엄포에 사색이 되었다.

잠시 후, 그는 카르얀에게 지난번의 일까지 더해 정말 미안하다며 사정을 했다.

카르얀은 몇 차례 더 협박을 해 이제는 멀리서 자신의 얼굴만 보여도 쪽문을 바로 열게끔 만들어 놓았다.

"노튼 아저씨! 가죠!"

출입기록관을 조련(?)하는 모습을 보고 기가 질려 있던 노튼은 정신을 차리고 카르얀을 따라 베네딕트 성으로 들어갔다.

오늘 새벽에 본 검술 실력도 매서웠지만, 말발도 상당히 무섭다고 느끼는 그였다.

❖

아이들은 어리둥절했다.

밖에서 하룻밤을 지내고 돌아온 대장은 혼자가 아니었다. 대장의 옆에는 왠지 안절부절못하고 있는 한 아저씨가 함께였다.

"오, 오크다… 책에 나온 오크랑 똑같아……."

동물원에 온 것 마냥 아이들은 노튼의 주변으로 순식간에 몰려들었다.

"우와! 아저씨! 사람 맞아요?"

"되게 크다! 아저씨 피 초록색이에요?"

"아저씨 진짜 오크는 꾸엑 하고 울어요?"

노튼은 아이들의 천진난만한 표정에 자기도 모르게 웃음을 터뜨리고 말았다.

"하하, 아저씨는 사람이란다. 덩치가 크다고 다 오크는 아니야."

"얼굴도 그런데……."

"그, 그러니? 하하."

노튼의 시선은 아이들 사이를 빠르게 훑었다.

카르얀이 말하길 아들 훈트는 자신을 꼭 빼닮았다고 했다. 분명 쉽게 찾을 수 있을 것이다.

아니나 다를까, 이걸 좋다고 해야 할지… 안타깝다고 해야 할지……

한 아이가 바로 눈에 들어왔다.

다른 아이들보다 덩치가 훨씬 크고 얼굴은 까만 편이며, 자신과 같은 녹색 머리카락을 지닌 소년이 신기한 눈으로 자신을 바라보고 있었다.

노튼은 한 눈에 알아봤다.

저 아이가 훈트다.

왈칵 눈물이 쏟아지려는 것을 겨우겨우 참아 냈다.

카르얀과의 약속 때문이었다.

그는 시간을 두고 지켜봐 달라고 했다. 그리고 가까워진 후에 말을 하는 게 좋겠다고 했다. 훈트의 혼란을 방지하기 위해 노튼도 그러겠다고 동의했다.

"자자! 조용히! 다들 수련할 때처럼 열을 맞춰!"

카르얀이 외쳤다.

아이들은 신기하게도 누구 하나 투정 부리는 이 없이 빠르게 대열을 정리했다.

노튼은 그 광경을 신기한 눈으로 지켜보았다.

"…아니, 이럴 수가."

물론 정규 군인들보다는 부족하다. 그러나 군기가 강하지 않은 웬만한 군대의 병사들보다는 뛰어났다.

노튼은 감탄할 수밖에 없었다.

'열 살도 안 된 아이들이… 이건 말도 안 돼!'

놀란 눈으로 카르얀을 보았다.

노튼의 심정을 아는지 모르는지 카르얀은 태연히 입을 열었다.

"다들 주목! 여기 노튼 아저씨는 내가 외부에서 특별히 초빙한 교관님이시다!"

"흐엑…!"

대열의 맨 앞에 당당하게 서 있던 훈트는 기겁했다.

"대, 대장! 그럼 나 잘리는 거야?!"

금세 울먹거리려는 훈트.

카르얀은 안심하라는 투로 말했다.

"노튼 교관님은 지금까지 우리가 익힌 것과는 다른 연합 공격술이라는 걸 가르쳐 주실 분이다!"

"연합……?"

"다섯 명, 혹은 열 명씩 팀을 이뤄 함께 공격하는 방법이다! 군대에서 쓰는 방식인데 익히면 더 강해질 수 있을 거야!"

"와아아!"

아이들은 기대에 차 함성을 쏟아 냈다.

"그럼 나 계속 교관 해도 돼?!"

훈트는 물었다.

"당연하지. 노튼 교관님이 머물다 가시는 기간은 보름 정도야. 그동안 훈트 넌 교관님께 연합 공격술에 대해 다른 아이들보다 더 깊이 배우도록 해!"

"웅? 왜?"

"교관님이 보름 동안 열심히 가르쳐 주시겠지만, 보름 만에 전부 배우지는 못할 거야. 교관님께서 떠나신 뒤에는 네가 아이들을 가르쳐야 하잖아. 그러니까… 넌 꼭 노튼 교관님의 모든 것을 배워라! 그때까지는 잠도 자지마!"

"헉! …알, 알았어. 꼭 다 배울게!"

거짓말이다.

연합 공격술의 요체는 카르얀이 배워 아이들에게 전해 줄 것이다.

단지 노튼과 훈트가 가까이 붙어 있을 시간을 최대한 만들어 주기 위해 꾸며 낸 말이었다.

그 사실을 모른 채, 주먹을 불끈 쥐고 의지를 불태우는 훈트였다.

고아원은 바빠졌다.

노튼의 등장과 더불어, 그토록 기다리던 일거리도 들어오기 시작했다.

아이들은 아침 일찍 일어나 밥을 먹고 훈트와 랑스의 인솔 하에 공사장으로 향했다.

공사장의 아저씨들은 아이들을 반갑게 맞아 주었다. 해야 할 일들을 듣고 아이들은 팔을 걷어붙였다.

"아저씨! 오랜만에 이 훈트의 힘자랑 좀 보실래요?!"

훈트는 벽돌들을 잔뜩 짊어지고 으스댔다.

"하하! 여전하구나! 그래도 안전이 최우선이니까 조심조
심해라!"

"알았어요! 웃샤!"

제일 앞장서서 일을 해 나가는 행동 대장은 역시 훈트였
고 랑스는 훈트보다 벽돌 운반 속도는 떨어졌지만, 모든 아
이들의 위치를 확인하고 일을 지휘하는 역할을 맡았다.

"거기! 일 끝났으면 저쪽 도와줘! 그리고 너! 위험하니까
안쪽으로 들어와서 일해! 야야야! 마구 나다니면 부딪치잖
아! 넌 저쪽 길! 넌 이쪽 길로 다녀!"

훈트와 랑스를 필두로 아이들은 일사천리로 일을 해 나갔
다.

고아원 공사 때 함께하지 않은 몇몇 인부들은 넋을 잃고
보느라 손에서 일을 놓고 있을 지경이었다.

"저, 저 아이들은 대체……."

처음에 아이들을 고용했다는 소리를 듣고 미쳤냐며 펄쩍
뛰었던 이들이 어느새 고개를 끄덕이며 아이들의 능력을 인
정하고 있었다.

오히려 자신들보다 일을 더 잘하는 것 같다.

"우, 우리도 이럴 때가 아니야… 힘내자고! 애들한테 밀

려서야 체면이 안 서지!"

"그래! 우리의 능력도 보여 주자고! 잘 봐라! 꼬마들아! 공사장 10년 노하우를 알려 주마!"

서로 자극을 주다 보니 능률이 배로 올랐다.

공사 감독관은 예상했던 대로 상황이 흘러가자 흐뭇한 미소를 지었다.

해가 저물어갈 즈음이 되어, 감독관은 공사를 마무리 지었다.

"자! 위험하니까 오늘은 이만 하자고!"

"오우!"

그들은 아이들에게 다가와 수건을 건네고 다 함께 저녁 식사를 하러 가자고 권했다.

훈트와 랑스는 아쉽지만 거절했다.

공사장 일은 워밍업에 불과하다. 그들에게는 이제부터가 진짜 고생 시작이다.

아이들은 장비를 챙겨, 서둘러 고아원으로 퇴근했다.

고아원으로 간 아이들은 동생들이 운동장에 널브러져 있는 모습을 보고 흠칫 놀랐다.

"…얘들아!"

"헥헥… 랑스 형… 훈트 형… 형들도 곧… 죽는다……."

불길한 사망 예고를 내리는 한 아홉 살 남자 아이를 지나쳐 시선을 아이들 너머로 던졌다.

그곳에 불길에 휩싸인 듯 뜨거운 열정으로 아이들을 가르치고 있는 노튼이 있었다.

"이 정도로 죽을 소리를 낸단 말이냐! 너희가 헤쳐 나가야 할 세상은 이보다 더욱 험하다! 어서 일어나! D조와 F조! 대형을 다시 만들어라!"

훈트는 괜히 서둘러왔나 싶었다.

'공사장 아저씨들 따라 밥이라도 먹고 올 걸 그랬나……'

훈트는 도리도리 고개를 흔들어 약한 마음을 떨쳐냈다.

우리들의 목적은 강해지는 것! 카르얀은 자신의 나약함을 이겨내는 것만이 강해지는 길이라 했다.

훈트는 이를 악물고 외쳤다.

"우, 우리도 합류하자!"

"…좋아! 합류해라! 훈트! 난 일단 화장실 좀……."

빠져나가려는 랑스의 뒷덜미를 움켜잡고 질질 끌어 노튼에게로 가는 훈트.

노튼은 멀리서 다가오는 훈트를 발견하고 가슴이 뛰는 것을 느꼈다.

카르얀의 부탁을 받고 웬만한 군대에서 행하는 훈련보다 더 강도 높은 훈련을 시켰다. 보통 아이들은 오금이 저려 울음을 터뜨리며 도망쳤을 것이다. 하나 자신의 아들은 친구의 목덜미까지 잡아끌며 당당하게 걸어오고 있었다.

'강하게 컸구나, 아들아.'

"훈트! 랑스! 너희는 H조다! 너희의 정식 수련은 저녁 식사 후지만, 그때까지 놀고 있어서는 안 된다! 다른 아이들이 하는 걸 보면서 최소한 흉내라도 낼 수 있게끔 훈련해라!"

"알겠습니다! 교관님!"

훈트는 큰 목소리로 대답했다.

카르얀은 매일 아침 의뢰 거리를 찾아 나서, 밤늦게야 돌아왔다.

일을 줄이면 저녁 무렵 돌아오는 것도 가능했지만 노튼을 믿었기에 아예 밤늦게까지 돈벌이에 열심이었다.

노튼은 그런 카르얀의 기대를 배반하지 않고 정말 열과 성을 다해 아이들을 가르쳤다. 오전과 오후 내내 나이 어린 아이들에게 연합 공격의 개념과 목적을 이해시키고 기본적인 훈련을 진행했다. 저녁에 공사 일을 나간 열 살 이상의 아이들이 돌아오면, 그때부터는 본격적으로 군대식 훈련을 개시했다.

그들의 훈련은 카르얀이 돌아올 때까지 계속되었다. 해가 지고 어둠이 찾아와 앞에 보이는 게 없을 때에는 야전 훈련을 받았다.

아이들은 개인의 강함을 넘어 단체로서의 힘을 착실히 길러 갔다.

그 힘든 훈련 중에 돋보이는 이는 단연 훈트였다.

카르얀의 특별 지시 때문인지 훈트는 굉장히 의욕적이었다.

"으랴아아아! H조 돌격!!"

랑스의 검술은 정교하고 부드럽다. 판의 검술은 은밀하고 날카롭다. 그러나 훈트의 검술은 무겁고 강하다.

일 대 다의 싸움에 맞는 검술이다.

그랬기에, 단체전이 되자 모의 전투를 지배하는 건 훈트였다.

"돌격! 돌격! 돌격! 쿠아아아!"

"으헉! 저 멧돼지 또 온다! 막아!"

랑스조차도 훈트의 돌파력을 감당하기 힘들었다.

우당탕탕!

결국 훈트에 의해 바리케이드가 부서졌다.

"깃발 내놔!"

랑스의 진영을 초토화시킨 훈트는 의기양양하게 랑스 부대의 깃발을 채갔다.

"게임 끝! 훈트 부대 승리!"

노튼은 전투 종료를 선언하며, 훈트를 자랑스러운 눈길로 바라봤다.

"헤헤헤! 오늘도 내가 이겼다!"

훈트는 좋아 죽겠다는 듯이 깃발을 끌어안고 바닥을 데굴 데굴 굴렀다.

"으아악! 이건 사기야! 나 안 해! 뭐 이런 게 다 있어!"

랑스는 배가 아픈지 발을 동동 굴렀다.

이전만 하더라도 훈트와 자신, 판은 항상 백중세였다. 그런데 노튼이 오고 모의 전투를 시작하면서 항상 밀리고 있었다.

훈트의 검술 특성상 그런 것이라지만, 인정하고 싶지 않은 현실이었다.

"뭘 안 한다고?"

뒤에서 들려온 목소리에 랑스는 굳어 버렸다.

"…헉, 카르얀."

"하기 싫어?"

"아니, 할 거야. 해야지."

"열심히 해, 훈트한테 지기 싫으면 훈트만큼 노력하고 그런 소릴 하든가."

"훈트만큼……?"

랑스의 눈이 반짝하고 빛났다.

하긴 훈트는 누가 봐도 열심이었다.

밤늦은 시각 카르얀이 돌아오고 훈련이 끝나도 훈트는 노튼 교관님의 방으로 가 또 다시 개인 교습을 받는다. 그리고 새벽 2시가 되어서야 생활관에 돌아와 잠을 청했다.

자신은?

저녁 훈련이 끝이다.

카르얀이 오는 즉시 '끝났다!'를 외치며 씻으러 달려갔다.

부글부글.

속에서 뭔가가 끓어오른다.

경쟁심이다.

"노튼 교관님!"

"왜 그러지?"

훈트에게 오늘 전투에서 잘한 점과 실수한 점을 지적해 주고 있던 노튼은 랑스의 심상찮은 등장에 긴장하며 물었다.

'혹시… 내가 훈트의 아빠란 걸 눈치챈 건가?!'

혼자 제발을 저리는 그였다.

"저도 새벽까지 배우고 싶어요! 훈트만 가르치지 마시고 저도…….."

"…저도."

은근슬쩍 나타난 판도 부탁을 해 왔다.

노튼은 당황한 눈빛으로 카르얀을 찾았다.

"잠깐! 얘들아. 너흰 내가 가르쳐 주마."

"…우웅? 카르얀은 같이 훈련 안 했잖아."

"시간 날 때 나도 틈틈이 배웠어."

카르얀은 두 아이의 어깨에 팔을 걸치고 다른 곳으로 끌고 갔다.

열심히 하고자 하는 의욕은 좋지만, 부자 사이를 방해해서는 곤란한 노릇이니까.

❖

보름은 쏜살같이 지나갔다.

노튼은 인생에서 가장 긴 보름이었다고 느꼈다.

일분일초가 일 년과 같았고 또 반대로 보면 보름이 눈 깜박할 새 지나간 것처럼 아쉬웠다.

노튼의 눈에서 눈물이 방울져 떨어졌다.

참 이 나이에 울고 있으려니… 자신이 우습고 안쓰럽다.

보름 동안 노튼은 지난 12년의 세월을 다시 살았다.

훈트에게 많은 것들을 가르쳐 줄 수 있었고 훈트로부터 많은 이야기들을 들을 수 있었다.

고아원에서 있었던 일들은 때로는 노튼을 웃게 만들었고 때로는 한숨짓게 만들었다.

결코 평온하기만 한 시간들은 아니었다.

제크에게 괴롭힘을 당했다는 말을 들었을 때는 그 아이를 당장이라도 찾아다가 한 대 쥐어박아 주고 싶었다. 그런데 인신매매단에 잡혀갈 뻔한 이야기가 나오고 제크가 죽었다는 말을 듣자 꼭 자신의 친구가 죽은 것처럼 노튼은 마음 한편이 아파왔다.

훈트의 감정에 동화가 되었기 때문이리라.

그리고 아이린 공작 영애가 달마다 다녀갔다는 얘기에는 또 한 번 깜짝 놀라야 했고 공작이 지원을 끊었다는 말을 들었을 때는 그리 원망스러울 수가 없었다.

노튼은 훈트의 이야기를 들으며 잃어버린 시간의 조각들을 하나씩 끼워 맞췄다.

행복한 작업이었다.

그런데 그 일도 오늘로 끝이다.

약속했던 보름은 지나갔다.

아이들은 자신의 가르침을 잘 따라, 연합 공격술의 중요한 부분들을 전부 습득했다. 이제 익혀나가며 숙련시키기만 하면 될 일이다.

자신의 할 일을 다한 노튼은 후련하면서도 아쉬운 얼굴로 방에서 짐을 정리하고 있었다.

똑똑.

누군가 문을 두드렸다.

"누구냐."

"카르얀입니다."

"아, 들어오게."

문이 열리고 카르얀이 들어왔다.

노튼은 침대에 걸터앉아 자신의 옆자리를 그에게 권했다.

카르얀도 앉았다.

"결정은 하셨습니까?"

카르얀은 물었다.

노튼은 입을 꾹 다문 채, 천천히 고개를 끄덕였다.

"…어느 쪽을 선택해도 괴로운 결정이죠?"

"그렇군."

"그래서… 저도 어느 쪽도 바라지 못하고 있어요."

훈트가 부모를 찾고 그 후에 고아원에 자주 놀러오는 게 언뜻 가장 좋아 보인다. 그렇지만 아마 훈트는 점점 겉돌게 될 것이다.

같은 고아이기 때문에 느끼는 동질감과 끈끈한 유대감은 시간과 함께 옅어져 갈 테니까. 그러다 어느 순간 완전히 지워지면, 훈트는 더 이상 고아원을 찾지 못하게 되리라.

"난… 밝히지 않기로 했네."

노튼은 눈물을 삼키며 말했다.

"…그 아이에게 친구들은 목숨보다 소중한 가족이야. 진짜… 가족이야."

"……."

"보름 동안 이 고아원에서 많은 걸 보고 가네, 진정한 가족의 의미를 깨닫고 가네. 피로 이어진 것만이 가족이 아니라, 서로를 위하고 지켜 주고… 그런 이들이야말로 가족이라는 사실을… 배워 가네."

"그걸로… 괜찮으시겠습니까?"

"카르얀, 자네가 내게 알려 주었네. 부모에 대한 원망이 아무리 크더라도 그리움보다는 못하다고……."

"네."

"한데, 부모에 대한 그리움보다… 친구들에 대한 그리움이 더 클 때는 어찌 해야 하나?"

"……."

"난… 훈트를 데려갈 수가 없어. 그렇다면… 내가 아빠임을… 밝히지 않는 게 다른 아이들에 대한 예의겠지."

노튼은 침대에서 일어났다.

그의 눈에는 강한 의지가 깃들어 있었다.

"행복하게 살고 있다는 걸 봤으니 됐네. 염치없지만, 자네에게… 훈트를 부탁해도 되겠는가?"

"…평생 가족으로 대하겠습니다."

"고맙네, 좋은 친구들을 둔 훈트가… 부럽기까지 하군."

노튼은 짐을 들고 밖으로 나갔다.

유독 햇살이 밝은 날이었다. 질척질척한 이별보다는 상쾌한 이별을 하기에… 아주 좋은 날이다.

운동장에는 이미 고아원의 모든 아이들이 나와 있었다. 오늘은 공사 일정이 없는 날이라 훈트와 랑스, 판도 노튼을 배웅하러 모습을 드러냈다.

노튼은 심호흡을 하고 아이들 앞에 나섰다.

"얘들아, 오늘로 이 교관님과도 끝이로구나."

노튼과 정이 흠뻑 든 아이들은 아쉬워했다.

"…내가 훈련을 너무 심하게 시켜 괴로웠지?"

"네!"

자신의 앞에서는 그래도 아니라고 대답해 줄 줄 알았는데, 정말 솔직하게 대답을 하는 아이들을 보고 노튼은 미소를 띠었다.

"다 너희 대장이 그러라고 시킨 거니까 원망은 말아 주렴."

"헉! 역시 대장이……."

"거 봐! 왠지 대장한테 수련 받는 느낌이 난다고 했잖아!"

아이들은 노튼의 뒤에서 웃고 있는 카르얀을 발견하고 몸을 부르르 떨었다.

한바탕 웃음을 터뜨린 노튼과 아이들은 이제 진짜로 작별의 정을 나누었다.

"건강해라! 아이들아! 군 생활을 십 년 동안 하면서… 수많은 부대들을 봤지만, 단연코 너희가 최고다!"

응집력이 뛰어나다든가, 신뢰도가 높다든가 하는 등의 어려운 말은 배제했다.

그냥… 이 아이들이 최고다.

가장 강력한 부대가 될 것이다. 물론 이후로 수련을 게을리 한다면, 말짱 꽝이겠지만 자신조차도 때때로 주눅 들게 만드는 카르얀이 버티고 있는 한 이 아이들은 더 강해질 것이다.

"…교관님! 건강하세요!"

아이들은 입을 모아 크게 외쳤다.

처음에는 훈트 때문에 온 노튼이었으나, 이제는 아이들 한 명 한 명이 모두 사랑스러웠다.

"너희도… 건강해라. 그리고 훈트!"

훈트는 시무룩한 표정이었다. 평소와 달리 기운 빠진 얼굴로 나오는 그를 보고 마음이 아릿해진 노튼은 애써 웃으며 말했다.

"알다시피 넌 이해력이… 랑스나 판에 비해 떨어진다."

"…네."

발끈할 법도 한데 그냥 순순히 수긍하는 훈트였다.

"그래서 보름 동안 연합 공격술을 완전히 이해하는 건 불가능할 거라고 생각했다."

"……"

"한데 넌 해냈어. 널 믿어 주지 못해서… 미안하다."

"……"

훈트는 눈물을 글썽이고 있었다.

노튼은 느린 걸음으로 훈트에게 다가가 그의 머리를 쓰다듬었다. 그리고 거듭 말했다.

"미안하다… 미안해……."

12년 전에 널 버려서… 12년 동안 널 찾지 못해서…….

"진심으로 미안하다… 훈트……."

훈트는 노튼 아저씨가 왜 이렇게까지 자신에게 미안해하는지 잘 알 수 없었지만, 그의 분위기에 휩쓸려 왈칵 눈물을 쏟고 말았다.

"흑… 괜찮아요! 교관님! 배… 배운 거 절대 까먹지 않을게요! 전부 기억해서… 아이들한테도 계속 가르쳐 줄게요!"

"그래… 그러려무나……."

"이 연합 공격술로… 카르얀을 도와 제국을 누빌 거예요! 그러니까… 그냥… 미안하다고 하지 말고… 칭찬만 해 주세요……."

"…훌륭하구나. 훈트, 그동안… 고생 많았다. 잘 해냈다."

훈트는 눈물범벅이 된 얼굴로 한껏 웃었다. 입을 좌우로 끝까지 올리고 해맑은 미소를 지어 보였다.

"잘 있거라."

"…네, 안녕히 가세요."

부자는 그렇게, 이별했다.

❖

베네딕트 고아원이 내려다보이는 한 시계탑 위에 두 사람의 인영이 서 있었다. 한 명은 인자한 인상의 노인이었고 다른 한 명은 얼마 전 카르얀의 앞에 나타났던 12세의 마법사 소녀 라비나였다.

라비나는 물었다.

"왜 밝히지 않고 그냥 떠나는 걸까요."

노인은 답했다.

"세상의 모든 부모는 자식의 행복을 바라기 때문이란다."

"…밝히지 않는 쪽이 아들에게 행복한 건가요?"

"그리 판단한 게지."

"과연 옳은 선택일까요?"

"인생에 정답은 없단다. 그의 마음이… 그리 하라 일렀을 뿐인 게지."

"……."

라비나는 곰곰이 생각하는 표정을 지었다.

"그나저나 그간 지켜본 결과, 잘 컸구나. 올곧고 강단이 있어."

"…출입기록관을 협박하던 걸 보면, 성질도 있는 거 같아요."

"하하하. 난세에 던져질 아이가 성질이 없어도 곤란하지."

"그런가요. 전… 보다 온화한 사람이 좋은데."

"…응? 누가 네 약혼자를 고른다더냐?"

"…그냥 한 소리예요."

노인은 장난스레 웃다가 다시 고아원 운동장으로 시선을 돌렸다.

아이들은 노튼을 보내고 침울해하고 있었다.

그런 아이들을 잠시 바라보다 노인은 말했다.

"좋은 아이들을 밑에 두고 있어. 그리고… 대체 얼마나 어마어마한 재능을 지녔는지… 믿기지 않는 무력도 갖추고 있지."

카르얀은 풀죽은 아이들을 추슬러, 또 다시 강훈련에 돌입하고 있었다. 정말 질릴 정도로 수련을 거듭하는 아이다. 편법이나 요령 따위는 일절 부리지 않았다.

노인은 결정을 내렸다.

"라비나."

"네, 스승님."

"저 아이가… 앞으로 우리의 주군이다."

"…네? 무슨 그런… 지인의 아이를 찾아 돌봐주시려는 거 아니셨어요?"

"돌보기는? 모셔야지."

"…저도요?"

"당연하지. 아주 깍듯이 모셔라."

"왜, 왜 그래야 하는데요?"

"주군이니까."

"…알겠어요. 스승님이 제 목숨을 구해 주셨으니, 제 목숨은 원래 스승님의……."

"아니, 앞으로는 저 아이의 것이다."

"…네."

라비나는 혼란스러웠지만, 고개를 끄덕였다.

노인과 라비나는 시계탑에서 한참동안 카르얀을 응시하다, 어딘가로 자취를 감추었다.

제9장

펜던트의 정체

카르얀은 용병 길드에서 의뢰 내용이 적힌 술병들을 하나하나 살펴보는 중이었다. 용병 일도 어느 정도 익숙해져 본래의 실력대로 B급 의뢰들을 받기 시작한 카르얀.

그런데 문제가 있었다. C급 이상부터 의뢰의 개수가 확연히 줄어든다는 점이다.

"높은 난이도의 의뢰는 아무래도 많지가 않죠."

덴은 웃으며 말했다.

"윽! 난이도가 높아야 의뢰비가 센데."

"하하, 그러니 의뢰도 드물고 경쟁률이 심해 사라지기도 금세 사라지는 거죠."

"예약은 안 되나요?"

"안 됩니다."

"매정하군요."

"규칙이 그러합니다. 예약을 받게 되면 예약 대기자만 수천 명 쌓일 테니까요."

"하아……."

"계속 길드를 방문해 주십시오. 좋은 의뢰 맡아 가실 수 있을 겁니다. 오실 때마다 우유도 한 잔씩 마셔 주시고요. 그 장사가 또 길드의 짭짤한 수익이거든요."

"지금 삼백 명을 데리고 있는 소년 가장에게 돈 주고 우유를 사 마시라는 겁니까?"

"검은 구입하셨잖습니까."

덴은 카르얀의 허리춤에 달린 특이하게 생긴 검을 가리켰다.

일반 용병들이나 기사들이 쓰는 검과 완전히 다른 타입의 검이었다. 얇고 예리하고 낭창낭창한 탄력이 있었다.

상식을 깨는 검이었다.

검이란 본디 살과 뼈를 단숨에 벨 수 있을 만큼 단단하고 강해야 한다. 그런데 카르얀의 검은 과연 저걸로 뭘 할 수 있을까 싶을 정도로 약해 보였다. 검과 검이 맞부딪쳤을 때 버텨 낼 수나 있을까 싶다.

"아무리 봐도 그 검은… 역시 길드에서 가입 선물로 받은 검을 사용하시는 쪽이 좋지 않겠습니까?"

"그 검은 너무 둔탁해요. 사람마다 검법이 다른 것처럼, 검도 달라야 하는 거예요. 저야말로 이곳 사람들이 전부 약속이라도 한 듯 똑같은 형태의 검을 쓰는 게 오히려 믿기지가 않네요."

"이곳 사람들……?"

"흠, 뭐 그런 게 있어요. 그보다… 의뢰 안 들어오네요."

"하하, 기다리신지 겨우 30분 되셨습니다. 저쪽에 앉아 계신 분은 현재 7시간 째 기다리고 계시죠."

"…에혀."

의뢰자를 기다리며, 덴과 잡담을 나누던 카르얀은 지루함에 한숨을 푹 내쉬고 길게 기지개를 켰다.

공사 일이 없을 때, 하릴없이 대기하고 있는 훈트와 랑스 등의 심정이 이해가 가는 카르얀이었다.

결국 두 시간여를 더 기다리고 자리에서 일어났다. 열 시간이고 스무 시간이고 무작정 기다리기 보다는, 의뢰가 없을 때는 없는 대로 개인 수련을 하는 쪽이 낫다고 여겨졌다.

카르얀은 터덜터덜 고아원으로 돌아갔다.

최근 일주일에 두세 번은 꼭 허탕을 치는 그였다.

"용병도 쉬운 일이 아니구나, 일용직 근로자네."

다음 주까지 이런 불경기가 이어지면, 꼭 B급 의뢰만 고집할 게 아니라 C급, D급 의뢰도 맡아 볼까 하는 마음이 든다.

"휴우, 그럼 또 C급, D급 용병 아저씨들이 자기 밥그릇 뺏지 말라고 화내겠지? 그래도 어쩌겠어. 우리도 먹고 살아야지. 이쪽은 입이 삼백이야."

카르얀은 이런 걱정들을 할 필요도 없이 내일 아침 의뢰가 많이많이 들어와 있기를 바라며 고아원으로 들어섰다.

그런데 안이 소란스러웠다.

"응?"

한창 수련에 열중하고 있어야 할 시각인데 기합 소리가 들려오지 않는다.

카르얀은 무슨 일이 있나 싶어 한달음에 안으로 뛰어 들어갔다.

아이들은 운동장에 큰 원을 그리고 서 있었다. 원 안에는 어디서 본 듯한 여자애와 처음 보는 노인이 있었다.

카르얀은 아이들에게 다가갔다.

"무슨 일이야?"

아이들은 카르얀을 발견하고 반색했다.

"대장!"

그 소리에 소녀와 노인도 고개를 그쪽으로 돌렸다. 눈이 마주치자 카르얀은 그 소녀가 누구인지 알아보았다.

"어? 너는… 라… 라 어쩌고 하는 이름을 가진 여자애?"

"…라비나예요."

"아하! 라비나. 너 여긴 웬일이야? 그리고……."

카르얀의 시선이 라비나의 옆에 있는 노인에게로 향했다. 노인에게는 아무런 기세도 느껴지지 않았다. 그저 평범한 촌로로만 보였다.

하지만 카르얀은 노인을 보자마자 몸을 경직시켰다.

"······."

카르얀은 표정을 굳히고 노인을 노려보았다. 베네딕트 공작을 만났을 때와 비슷한 느낌이다.

철저하게 절제된 기운, 그러나 완벽하게 온몸을 덮고 있는 무형의 아우라.

강자다.

카르얀의 몸에서도 무극파천심공의 기운이 용솟음쳤다.

베네딕트 공작 때의 실수를 거울삼아, 카르얀은 뻗어 나가려는 기운들을 의식적으로 통제했다. 그것을 깨달은 노인은 한줄기 감탄의 빛을 내비쳤다.

'어린 나이에 정말 대단하군. 가까이서 보니 더욱 뛰어나.'

노인은 혀를 내둘렀다. 대체 어떤 재능을 타고 나야 저 나이에 저런 경지를 이루는지. 직접 느끼고도 믿기지가 않는다.

"라비나의 스승님이십니까?"

노인은 고개를 끄덕였다. 그러더니 갑자기 털썩하고 무릎을 꿇었다.

카르얀과 아이들은 전부 놀라 얼어붙어 버렸다. 함께 온 라비나조차도 갑작스런 스승의 행동에 할 말을 잃은 모습이었다.

"어린 주군이시여, 참으로 긴 세월 찾아 헤맸습니다."

카르얀의 두뇌가 맹렬히 회전했다.

이건 무슨 시추에이션?

'날 놀리기 위한 연극인가? 이거 늙은 분이 장난이 심하시군.'

카르얀은 장난으로 이해했다.

"일어나십시오. 절 놀리려거든 다른 방식이 좋을 거 같군요."

노인은 정색했다.

"놀리다니요. 제가 물론 장난을 많이 좋아하긴 합니다만, 장난으로 제자 앞에서 무릎을 꿇을 사람이 어디 있습니까."

"네, 저도 없을 줄 알았는데. 오늘 보네요."

"어린 주군이시여, 저는 지금 장난을 치고 있는 것이 아닙니다."

노인의 태도는 강경했다.

라비나는 스승의 눈치를 살피고는 조용히 같이 무릎을 꿇었다.

다소곳이 꿇어앉는 라비나를 본 카르얀은 '이 사제가 함께 미쳤구나.' 하는 생각이 치밀었다.

대체 이러는 이유가 뭘까.

역시… 자신이 그들이 찾는 카르얀이었던 걸까.

카르얀은 물었다.

"어머님 때문입니까?"

노인은 답했다.

"아닙니다."

'…아니라고?'

전혀 예기치 못한 대답이었다.

카르얀은 다시 물었다.

"그럼 무엇 때문이죠?"

"제가 당신을 인정했기 때문입니다."

"…인정이요? 저에 대해 뭘 안다고?"

"송구스럽게도 그동안 어린 주군을 먼발치서 지켜보았습니다."

그 말에 카르얀의 미간이 일그러졌다.

'몰랐다. 이런 빌어먹을…… 난 이미 한 번 죽은 거야.'

상대를 눈치 채지 못했다는 건, 목숨을 내놓았다는 뜻이다.

무극파천심공을 더욱 부단히 단련해야겠다.

이를 악물고 있는 카르얀에게 노인이 말했다.

"조급해하지 마십시오. 어린 주군께서는 겨우 열두 살에 불과합니다."

"평계란 대기 시작하는 순간 끝도 없이 쏟아지는 법이죠."

머리로는 안다.

태어나서 고작 12년, 베네딕트 공작이나 이 노인과 같은 경지에 오르기에는 턱없이 부족한 시간이었다.

하지만, 그래도 카르얀은 자극 받았다.

당연히 그보다 못할 수밖에 없다? 아니, 그래도 자신은 가장 강하고 싶다. 반보라도 더 앞서고 싶다.

천하제일이란 응당 그래야 하니까.

카르얀은 최근 자신이 실전 경험을 쌓는답시고 너무 돈벌이에만 치중하지 않았는지 스스로를 반성했다. 용병 일도 중요하지만 너무 그 일에만 몰두했다. 밤늦게 돌아오느라 개인 수련 시간이 거의 없었다.

'…시간 분배를 더 철저히 해야겠군.'

카르얀은 마음을 다잡았다.

"어린 주군이시여, 심기를 어지럽혀 드렸다면……."

"아뇨, 오히려 후련해졌어요. 자극은 좋은 거죠. 그나저나 대체 이곳에 무슨 일로 오신 겁니까?"

"어린 주군……."

"그 어린 주군 타령 그만하시고, 일단 일어나시죠. 보고 있기가 너무 불편합니다."

"그럴 수는 없습니다."

"……"

노인은 고집을 부렸다.

카르얀은 말없이 그들 사제를 바라보다 휙 하고 몸을 돌렸다.

"그럼 계속 그러고 계시든가요. 그러고 있는 한 저는 한 마디도 말을 걸지 않을 겁니다."

그리고 휘적휘적 수련을 하러 뒤편 공터로 떠나갔다.

훈트가 쫓아와 물었다.

"카르얀! 우린 어떻게 해?"

"너희도 그냥 수련해. 신경 쓰지 마."

"웅! 알았어!"

훈트는 아이들과 함께 조를 나눠 연합 공격술 수련을 재개했다.

카르얀은 아이들을 뒤로 하고 공터에서 자신의 검을 뽑아 들었다.

지금쯤 꿰다 놓은 보릿자루 신세가 된 노인과 라비나는 당황하고 있을지도 모르지만, 관심 밖의 일이다. 자신의 입장만 강요하는 이들과는 할 말이 없다.

카르얀은 자세를 취하고 검무를 시작했다.

보법을 밟아 나가며 몸을 기기묘묘하게 흔들었다. 바람처럼 카르얀의 신형이 나타났다 사라지기를 반복했다.

웬만한 이들은 육안으로 쫓지도 못할 움직임이었다.

파아앗!

마침내 빛살처럼 검이 뻗어 나와 검광을 흩뿌렸다.

파팟!

검이 허공을 가르고 살아 있는 생물체처럼 휘어지며 두 차례 파공음을 만들어 냈다.

붉은 실과 같은 기운이 검신을 타고 올라갔다.

참마혈뢰검의 첫 단계다.

카르얀은 붉은 아지랑이가 일렁이는 검으로 땅을 내리쳤다.

카카칵!

땅이 거칠게 긁히며 흙이 뒤집어졌다.

카르얀은 곧바로 몸을 돌려 반대편 바위를 베어 내고, 허공으로 몸을 솟구쳤다.

파아아!

표홀하게 몸을 날린 카르얀은 몸을 회전시키며 십여 개의 검초를 펼쳐 냈다.

요란한 소리들이 주변에 울려 퍼졌다.

대단한 위력이었다.

카르얀을 따라 공터로 온 노인과 라비나는 완전히 넋을 빼고 그 광경을 바라보고 있었다.

'이, 이런 검술은 어디에서도 본 적이 없다! 실전에서 펼친 검술과도 비교가 안 돼! 그렇군, 어린 주군은 실전 경험

이 부족해 가진 바 능력을 전부 뽑아내지 못하는 거였어. 그래서 용병이 된 건가?'

노인은 고개를 끄덕였다.

충분히 일리가 있었다.

카르얀의 몸은 그들이 와 있다는 것을 알면서도 여전히 움직이고 있었다.

콰아앙!

카르얀의 검이 큰 바위를 뚫고 들어갔다.

이번에도 노인은 눈을 찢어져라 부릅떴다.

"대체 저런 연약한 검으로 어떻게!"

숙련된 검사였다면 카르얀이 바위를 찌르면서 손목을 돌리는 장면을 봤을 텐데 미처 그것까지는 보지 못했다.

물론 손목만 돌린다고 다 되는 건 아니다. 내력의 운용이 무엇보다도 중요하다.

노인과 라비나는 새로운 세계를 보는 느낌이었다.

더 놀랄 기력도 없었다.

그런데 카르얀은 그들을 그토록 놀래키고도 못마땅한 표정이었다.

'강기를 돌려야 하는데… 광살포, 일격에 적의 몸을 찢어발기는 기술. 참마혈뢰검이 완성되기 전까지는 광살포를 주무기로 사용해야 해. 그래야… 누구에게든 쉽게 당하지 않는다.'

콰아잉!

콰잉!

검을 연속해서 내리꽂는 카르얀.

그와 동시에 폭음이 일었다.

검기를 뽑아내지 못하는 현재로서는 이 정도가 한계였다.

카르얀이 검을 찌를 때마다 땅이 움푹 파였고 대지가 흔들렸다. 검기가 아니더라도 충분히 위력적인 기술이었다.

"…주군, 감히 묻는데. 정체가 뭡니까?"

노인은 물었다.

카르얀은 슬쩍 노인을 일별하고 대꾸 없이 검을 계속 휘둘렀다.

파아앗!

검은 크게 원을 그렸다.

허공의 기운들이 요동쳤다.

카르얀은 원의 한 가운데 점을 찍듯이 검을 찔러 들어갔다.

고오오!

콰아잉!

카르얀이 만든 원으로 검이 통과하는 순간, 거센 바람이 그곳으로 몰려들었다.

난생 처음 보는 신기한 광경에 노인과 라비나는 눈을 떼지 못했다.

카르얀은 고개를 갸웃거리고는 몇 차례 그 기술을 반복해서 펼쳐 보았다.

"…광살포의 이론에 대한 해답이 여기 어딘가 있는데, 찾기 애매하군."

혼잣말을 중얼거리며 자신만의 세계로 빠져드는 카르얀.

그를 쫓아온 노인과 라비나는 자신들이 원치 않는 방해자라는 사실을 깨닫고 조용히 뒤로 물러나 수련이 끝날 때까지 잠자코 지켜보기로 했다.

카르얀의 수련은 저녁 식사조차 거르고 밤늦게까지 이어졌다. 광살포의 실마리를 찾기 위해 여러 가지 실험을 거듭했다.

유감스럽게도 결과물은 없었다.

어차피 하루이틀 만에 될 일이 아니라는 건 알고 있었으니, 그다지 실망스럽지는 않았다.

자신은 실패를 하고 있는 게 아니다. 단지 하나의 무공을 개발해 가는 과정을 거치고 있을 뿐이다.

카르얀은 낙담하는 대신, 오늘 벌인 실험들의 결과를 분석했다.

"검을 이 각도로 찔러야 하나? 그래서 이렇게 틀고… 아닌데… 너무 복잡해. 그럼 써먹기 힘들 거야."

수련을 마치고도 혼자 서서 계속 혼잣말을 읊조리는 카르안을 바라보는 노인과 라비나는 뭐 저런 독종이 다 있나 싶었다.

무슨 수련을 저렇게 무식하게 하는가. 웬만한 기사들도 하루 수련 시간이 3시간을 넘지 않는다고 들었다.

그런데 저 소년은 쉬는 시간조차 없이 ―심지어는 밥도 안 먹고!― 풀타임으로 거의 열 시간을 채웠다.

그러고도 성이 안 차는 모습이다.

"저 나이에 왜 저렇게 강한지 약간은 알겠어요."

"그러구나… 나도 젊을 때 마법 연구를 일곱 시간 동안 한 적이 있다만, 그건 그냥 앉아서 한 거였고 주군처럼 열 시간이나 몸을 움직일 자신은 없구나."

놀라운 점은 몸만 움직이는 게 아니라, 열 시간 내내 꾸준히 생각을 하면서 수련을 했다는 점이다.

결코 쉬운 일이 아니었다.

뇌도 지친다. 집중력은 시간이 지날수록 흐트러지기 마련이다.

그런데 카르얀에게는 그런 기미가 보이지 않았다.

오죽하면 지금도 오늘 수련에 대해 검토를 하고 있겠는가.

억지로 한 게 아니라는 뜻이다.

능동적인 수련이야말로 모든 수련의 이상. 그 효율은 분명 열 시간의 곱절이리라.

"아직도 계셨네요?"

카르얀은 노인과 라비나에게로 걸어오며 말했다.

"주군, 정말 대단하십니다."

"주군 소리 듣기 싫은데요. 제가 왜 할아버님 주군이에요."

"그건 제가 주군을 인정했기……."

"그 말은 아까 들었어요. 여하간, 아까 물으려다 못 물었는데 할아버님이 찾던 카르얀이 저였습니까?"

노인은 고개를 끄덕였다.

"그렇습니다."

카르얀의 표정이 살짝 뒤틀렸다. 귀찮아라는 느낌이었다.

"제 어머니의 이름은 엘레나입니다. 라비나에게 못 들으셨나요?"

"들었습니다."

"한데 왜? 찾는 분은 다이아나인가 하는 분의 자식 아니었나요?"

"다이앤입니다. 그리고… 그녀의 어린 시절 이름이 엘레나였습니다. 이건 거의 알려지지 않은 사실이죠. 라비나에게도 미처 알려 주지 못했습니다."

그랬나… 그래서 찾아온 건가.

카르얀은 습관적으로 옷 속의 푸른 펜던트를 만지작거렸다.

어머니에게 묻고 싶다.

왜 이렇게 원치 않은 인연들을 자꾸 끌어들이시느냐고.

"…그래서 하고 싶은 말은 뭔가요. 날 왜 찾으신 거죠?"

"그 펜던트……."

노인은 대답은 않고 멍한 눈으로 카르얀의 가슴께를 응시했다.

그의 눈동자는 옷 속의 무언가에 고정되어 있었다.

"지니고… 지니고 계셨군요! 이럴 수가! 소실되었다고 생각했는데… 꼼짝없이 그렇게만 여기고 있었는데……!"

노인은 또 다시 털썩 무릎을 꿇었다.

이번에는 격정에 차 다리가 풀린 모양이었다.

카르얀은 그 노인 참 취미 한 번 괴상하다고 생각했다.

남에게 무릎 꿇는 취미라니. 썩 보기 좋지 않다.

그런데 이번에는 분위기가 심상찮았다.

노인은 뜨거운 눈물을 흘리며 오열하고 있었다.

카르얀은 괴로웠다.

자신의 의지와 상관없이 일어나는 이 일련의 상황들이 몹시 불만스러웠다.

나는 나다.

카르얀이다.

엘레나의 아들도 아니고 다이앤의 아들도 아니다. 그저 베네딕트 고아원의 카르얀이고 전생에 비공식 천하제일인이었던 악군명이다.

그것만이 중요한 사실이다.

"왜 눈물을 보이시는지… 묻지 않겠습니다. 그냥 저에 대해 잊어버리고 떠나십시오."

"그, 그런……! 주군! 주군께서는 이런 곳에 머물 분이 아닙니다!"

"이런 곳이 어떤 곳인데요? 저는 이곳이 세상 어느 곳보다도 좋습니다. 그리고… 난 과거 따위에 휘둘리고픈 마음이 전혀 없습니다. 날 가로막는다면, 내 과거라도… 부숴 버리고 내 길을 갈 겁니다."

카르얀의 몸에서 강렬한 기도가 흘러나왔다.

노인은 숨이 막혀 옴을 느꼈다.

이 역시 놀라운 일이다.

자신은 6서클 마법사, 반면 주군은 오러 익스퍼트 중급이다.

넘을 수 없는 차이가 존재한다.

그럼에도 그는 기세로 자신을 압박해 들어오고 있었다. 정녕 믿기 힘든 일이었다.

이것은… 무력에 의한 것이 아니라, 선천적으로 타고난 기도라고 봐야 옳을 것이다.

"…과거란 그 사람을 이곳에 존재하게끔 하는 근본입니다. 그것을… 부정하셔서는 안 됩니다."

"그럼 부정하지 않게끔 날 건드리지 마십시오."

노인은 강경한 카르얀의 어조에 상심했다.

보통 어린아이들과 다르다는 건, 그동안 지켜보며 깨달았다. 그런데 달라도 너무 다르다.

자신의 의지가 아주 확고하다. 자신의 길이 아닌 곳에는 눈길조차 주지 않는다. 과거에 대해… 최소한의 호기심조차 없어 보인다.

"어머님이… 궁금하지 않으십니까?"

"내 어머님은 내가 가장 잘 압니다. 날 위해 잠도 못 주무시고 돌보아 준 분이지요. 자신의 몸이 상해 가는 것조차 참아 가며 말입니다."

"그게 아니라… 신분이라든가… 사연……."

"그따위 것들이 중요합니까? 그건 껍데기일 뿐이죠."

"……."

"뭐 한때는 그런 것들을 궁금해한 적도 분명 있었습니다. 아버지가 어떤 사람일지, 어머니가 왜 홀로 나를 낳아 고생하며 지내야 하는지… 궁금할 때도 있었죠."

"그런데 어째서 지금은?"

"어머니를 땅에 묻을 때, 그런 의문들도 같이 묻었습니다. 답이 되었습니까?"

"……."

노인은 대답할 말을 찾지 못했다.

그때, 라비나가 불쑥 입을 열었다.

"…이상해요. 그래도 엄마잖아요. 엄마가 왜 쫓겨나야 했는지… 알아야 하지 않을까요? 그래서 억울한 일을 당하셨다면, 복수도 하고……."

카르얀은 파안대소를 터뜨렸다.

"하하하, 말은 그럴 듯하군. 그건 누구를 위한 복수지? 어머니는 이미 돌아가셨어. 그럼 누구를 위해 내가 과거의 사연들을 알아야 하고 내 운명을 바꾸어야 하는 거지?"

"…만약 어머니가 억울하게 돌아가셨더라도 그런 말을 할 수 있나요? 어머니께서… 그러길 원하실까요?"

카르얀의 눈에 비친 라비나는 어린아이였다. 그동안 어른스러운 분위기를 풍겨 왔지만, 결국 지금 드러났다. 열두 살 아이라는 숨길 수 없는 사실이.

카르얀은 일러 주었다.

"부모란 어지간한 쓰레기가 아니고서야, 자식이 복수를 하기보다는 극복하고 행복하게 살아가길 바랄 거다. 넌 그 작은 머리로 어마어마한 착각을 하고 있구나."

그 말에 라비나의 신형이 살짝 흔들렸다. 자신의 가치관과 정반대되는 말이었다.

그녀는 4년 전, 산적들의 습격으로 마을이 불탈 때 부모를 잃었다. 길을 지나던 스승님이 구해 주지 않았더라면 그녀도 시체가 되었을 것이다. 그 뒤로 그녀는 산적들에게 복수를 하겠다는 일념으로 마법을 열심히 익혔다. 그래야 부모님이 편히 눈을 감을 거라고 생각했기 때문이다.

그런데 카르얀은 다른 말을 하고 있었다.

"…복수를 바라지 않는다고요?"

카르얀은 대답했다.

"복수를 바라더라도 그 복수를 자식이 하길 바라진 않을 거다. 어느 누가 자식 손에 피를 묻히기를 원할까. 그래서 난… 어머님을 위해서라도 나의 인생을 살아갈 거다."

라비나의 커다란 눈동자에 물기가 맺혔다.

"…그런가요. 그럼 난… 착각을 한 걸까요."

혼란스러워하는 라비나를 두고 카르얀은 노인에게 말했다.

"내 의사는 확실하게 표현했습니다. 이제 돌아가십시오."

카르얀은 명백한 축객령을 내리고 몸을 돌려 건물로 향했다.

멀어지는 카르얀의 등에 대고 노인이 아주 작은 목소리로 입을 열었다.

"그 펜던트……."

건물로 들어가려던 카르얀의 발걸음이 멈췄다.

노인은 말을 이었다.

"…그 푸른 펜던트 안에 무엇이 들어 있는지 아십니까."

카르얀은 천천히 뒤를 돌아보았다. 그리고 손을 들어 펜던트를 쥐었다.

"그 펜던트에는… 마법이 걸려 있습니다. 제가 직접 건 마법이지요."

노인은 숨을 크게 들이켜고 이어 말했다.

"펜던트를 손바닥 위에 올려놓고… 마나를 불어넣어 보시겠습니까."

"…거절하겠습니다. 이건 제 어머니의 유품일 뿐입니다."

카르얀은 냉랭한 대답만을 남기고 차갑게 돌아섰다.

❖

방으로 돌아온 카르얀은 잠을 청하려고 침대에 몸을 눕혔다. 그런데 막상 눕고 보니 잠이 오질 않았다.

몇 차례 뒤척이던 카르얀은 결국 몸을 일으켜 침대에 걸터앉았다.

노인의 말이 계속해서 뇌리를 떠나지 않았다. 카르얀은 털어내려고 머리를 흔들었다.

"…휴우."

물을 한 잔 따라 마셨다.

시원한 청량감이 몸속으로 퍼졌다.

"자자."

일단 다시 누웠다.

이번에도 잠이 오지 않으면, 명상을 할 작정이었다.

한참이 지나고 카르얀은 또 몸을 일으켜야 했다.

"…한 번만 해 볼까?"

노인의 앞에서는 왠지 자존심 때문에 차갑게 말하고 돌아섰지만, 매일 목에 걸고 다녔던 펜던트에 뭔가(?)가 들어 있다고 하니 기분이 이상했다.

"확인만 하자. 위험한 게 들어 있을 수도 있으니……."

카르얀은 이내 결심을 하고 완전히 일어나 책상으로 몸을 옮겼다.

펜던트를 풀러 자신의 손바닥 위에 올렸다.

약간의 긴장을 몸 안에 불어넣고, 내력을 끌어 올렸다.

"혹시… 돈? 아님 황금?"

카르얀은 헛된 상상들을 접고 손바닥으로 내력을 집중시켰다. 혈맥을 타고 내력들이 달려가는 느낌이 들었다.

파앗!

손 안에 내력들이 모이자, 그 위에 놓인 펜던트에서 푸른빛이 뻗어 나가기 시작했다.

카르얀은 놀랐다.

그저 값비싼 펜던트라고만 생각했는데, 설마 마법 물품이었을 줄이야.

빛은 점점 강해졌다. 방 전체가 푸른빛에 잠식되었다.

푸른빛은 어느 순간 한 점에 모여 천천히 형체를 갖추어갔다.

"…이건."

펜던트 위로 어떤 물체가 만들어져 둥실하고 떠올랐다.

파앗!

그리고 순식간에 빛이 사라지고 펜던트를 올린 손바닥 위로 그 물체도 떨어졌다.

카르얀은 펜던트와 함께 손에 쥐게 된 그 물체를 바라보며 어리둥절한 표정을 지었다.

"…도장?"

바르시안 제국의 상징인 거대한 독수리가 조각되어 있는 도장이었다.

제10장

황제는… 자신이 되는 겁니다

카르얀은 밖으로 나왔다.

두리번거리며 노인과 라비나를 찾았다.

다행이 그들은 아직 가지 않고 그 자리에 못 박힌 듯이 주저앉아 있었다.

"…스토커 같네."

카르얀의 목소리에 노인과 라비나는 고개를 들었다. 노인은 불과 하루 사이에 5년은 더 늙은 느낌이었다.

카르얀은 도장을 툭툭 던졌다 받으며 그들에게 갔다.

멍하니 그를 바라보던 노인은 그의 손에 들린 물건의 정체를 확인하더니 식겁했다.

"그, 그리 다루시면 안 됩니다!"

"뭘요. 아, 이거요? 참내, 이게 뭐 그리 중요하다고."

카르얀은 도장을 손으로 던졌다 받는데 그치지 않고 땅에 떨어뜨려 발로 차 굴리기 시작했다.

노인은 기절초풍할 지경이었다.

"그, 그, 그게 어떤 물건인지 아십니까!"

카르얀은 태연하게 답했다.

"도장이요."

"그, 그러니까 어떤 도장인지 아시냐는 말입니다!"

"바르시안 제국의 상징이 조각되어 있는 걸로 보아……."

꿀꺽.

"옥새를 흉내 낸 장난감 도장이로군요."

노인은 나이를 망각했는지 버럭 외쳤다.

"아닙니다! 그건 진짜 옥새입니다! 이 케니스 B 말로가 목숨을 걸고 빼돌린… 아니, 지금은 파블로라는 이름을 쓰고 있는데… 그건 중요한 게 아니고 여하간 진짜 옥새입니다!"

케니스, 아니 파블로는 옥새 도둑이었나 보다.

"…신고해야겠는데요?"

"사정이 있었습니다."

"관심 없어요."

짧은 말과 함께 카르얀은 옥새를 강하게 차 파블로의 앞으로 보냈다.

"중요한 건 그거죠? 가지고 가요."

"네? 아니, 무슨 그런…….."

옥새를 포기하다니?

바르시안 제국의 황제임을 증명하는 물건이다.

파블로는 카르얀이 자신의 말을 믿지 못하는 거라고 생각했다.

"…이건 진짜입니다."

"진짜든 아니든. 내 물건 아니니까 가져가라고요."

"제정신이십니까?"

"나만 제정신이고 당신들이 다 미친 거 같네요. 옥새를 빼돌리다니 반역죄잖아요?"

파블로는 억울하다는 어조로 항변했다.

"반역은… 놈들이 저지른 게 반역입니다. 현재의 황후는 황제 폐하를 중독 시키고…….."

"별로 정치판 놀음에 끼고픈 생각 없어요. 전 아이들과 함께 평화롭게 살면서 검을 수련하는 게 목표랍니다."

"…정치판에서 주군을 가만두지 않을 텐데요? 옥새에 대해 아는 자들은, 주군을 제거하려 들 테고… 모르는 자들도 주군을 이용하려 들 겁니다. 그런데 어찌 평화를 얻을 수 있겠습니까. 가까이의 베네딕트 공작만 봐도… 언제 돌변할지 모릅니다."

카르얀은 웃으며 말했다.

"다 죽일 거예요."

"…네?"

"건드리는 놈들은 다 죽일 거라고요. 그게 누구든… 수단과 방법을 가리지 않고 기필코 죽일 겁니다."

카르얀의 말에 파블로는 소름이 돋았다.

아주 당연한 듯이 자연스럽게 저런 말을 내뱉는 카르얀의 독심이 두렵게 느껴졌기 때문이다.

"…세상 모두와 싸울 셈이십니까? 적당히 타협하고 정치적 활동에 나서는 편이……."

"잘못 봤어요. 난 정치가가 아니에요. 무인이지, 무인이란 무릇… 세상 전체를 적으로 돌리는 한이 있어도 혀에 꿀을 바르지 않고 허리를 굽신거리지 않아야 해요. 정치적 활동은 무슨……."

"난세입니다. 헤쳐 나가기 위해서는 같은 편이 필요합니다."

"여기 삼백 명의 친구들이 있잖아요."

"부족합니다."

"그건 할아버지 생각이고요. 이 아이들은, 아마 세상의 어떤 세력보다도 강해질 거예요. 우리에게 필요한 건 약간의 시간뿐이죠."

"휴우, 옥새를 보고도 정말 아무렇지 않으십니까? 야망이 꿈틀거리지 않으십니까?"

카르얀은 파블로의 말이 근래 들은 말 중 가장 웃기는 말이라고 생각했다.

"도장이잖아요. 이런 물건에 홀리는 쪽이 바보 아닌가요?"

"……"

"황제는… 자신이 되는 겁니다. 옥새가 만들어 주는 게 아니에요. 전 별로 황제가 되고픈 뜻이 없어요."

"황제 폐하께서는… 다이앤 님의 아이에게 옥좌를 물려주라고 하셨습니다."

황제라……

참 실감 안 나는 이야기다. 자신의 아버지가 황제라니.

자신은 그저 고아원의 카르얀일 뿐인데.

"…그만 돌아가세요. 전 제 나름대로 세상을 살아갈 거고, 최고가 될 겁니다. 황제니 옥새니 하는 이야기들, 별로 관심 없네요."

옥새를 넘겨준 카르얀은 일말의 아쉬움도 없이 다시 건물로 들어가 버렸다.

그의 뒷모습을 바라보며 파블로와 라비나는 고개를 저었다.

❖

카르얀은 아침 일찍 일어나 식사를 하고 용병 길드로 직행했다. 괜찮은 의뢰가 들어왔나 알아본 뒤, 몇 가지 의뢰들을 맡았다.

성 밖으로 나가 근처 마을들을 돌며 의뢰를 해결한 카르얀은 저녁 무렵 돌아왔다. 평소보다 이른 귀가였다.

"수련을 하자! 수련을!"

이상한 노래를 흥얼거리며 고아원으로 돌아온 카르얀은 굳어 버리고 말았다.

운동장에서 달리고 있는 아이들 틈에 출렁이는 연보랏빛 머리카락을 발견했기 때문이었다.

카르얀은 눈을 비볐다.

착시?

아니다.

아이들과 함께 어울려 뛰고 있는 그녀는 분명 자신이 아는 그 라비나였다.

"…뭐야, 안간 거야?"

카르얀은 그녀를 부르려다 말고 그냥 안으로 들어갔다.

어차피 라비나는 파블로를 따라다니는 제자, 중요한 건 파블로다.

"대장!"

마침 화장실을 가던 아이와 마주친 카르얀은 파블로의 행방을 물었다.

"어제 그 할아버지 못 봤어?"

아이는 대답했다.

"봤어! 지금 지하 강당에서 글자 가르쳐 주고 있어!"

"뭐라고?"

카르얀은 계단을 내려갔다.

지하 대강당의 문을 열자, 안에 수십 명의 아이들이 둘러 앉아 있는 광경이 눈에 들어왔다.

그 가운데 파블로가 있었다.

머리를 긁적이며 카르얀은 다가갔다.

"자아! 이건 '스프'. 다들 좋아하지?"

"네에!"

스프라고 적힌 쪽지를 가리키며 아이들에게 글자 교육을 시키고 있는 파블로.

슐리드 원장과 직원들을 몰아낸 뒤로, 고아원의 아이들은 글자 교육을 받지 못했다.

그 탓에 현재 아이들의 대부분이 자신의 이름도 쓸 줄 모르는 까막눈이었다.

"…뭐하시는 겁니까?"

"아, 카르얀 군! 왔는가!"

카르얀 군?

어제는 주군이라더니, 하룻밤 사이 호칭이 바뀌었다.

"이상한 눈으로 보지 말게. 자네가 싫다며? 그래서 나도 그냥 노닥거려 보기로 했네. 자네가 추구하는 그 평화를 느껴 보려고 말이야."

"호칭이야 뭐든 됐고요. 무슨 의도로 여기서 이러고 계시는 겁니까?"

"의도라니? 방금 말했잖은가. 내 사명은 자네를 찾는 거였어. 그런데 찾았네. 그리고 이제 자네를 보필해야 하는데 자네가 정치판에 뛰어들 생각이 없다지 뭔가. 아쉬워, 나이가 어려도 자네라면 분명 세력을 넓힐 수 있을 텐데."

"…본론만 말해요."

"자네가 고아원 아이들을 지키며 검술 수련을 하는 게 꿈이라니, 그걸 보필하려고 하네."

"파블로 할아버지. 왜 그렇게까지 하는 겁니까?"

"…자네 어머님과 약속했어."

"……."

"그분과도 약속했지."

"흐음."

"불편하더라도 받아 주게. 갈 데도 없는 몸이라네. 자네가 원하기 전까지, 쓸데없는 말은 절대 내뱉지 않겠네."

파블로의 눈은 진지했다. 이 이상은 결코 양보할 수 없다는 눈빛이었다.

…이런 걸 두고 노장의 사명이라고 하는 건가.

황궁에서 탈출할 때, 마나 써클이 한 번 부서졌던 파블로다. 그럼에도 각고의 노력 끝에 폐인 생활을 거쳐 6서클 마법사로 다시 올라선 건 오로지 다이앤과 카르얀을 찾아 지켜야 한다는 사명 때문이었다.

"…마지막 말, 반드시 지키십시오."

"고맙네. 절대 폐를 끼치지 않도록 하지."

우여곡절 끝에 파블로와 라비나가 고아원의 새로운 식구가 되었다.

"글자를 계속 가르쳐도 되겠는가?"

"그건 감사할 따름이죠."

"재능이 있는 아이들에게 마법을 가르치는 건 어떤가?"

"…정말 다 퍼 주셔도 되겠습니까?"

"어차피 늙어 곧 죽을 몸, 제자는 많이 남길 수록 좋지."

파블로는 아이들에게 글자와 마법을 가르치기로 했다.

그리고 라비나는 요리를 맡겠다고 나섰다.

훈트의 '재료 그대로' 식의 웰빙 푸드로부터 탈피해 제대로 불에 익히고 양념이 들어간 요리를 먹게 된 아이들은 무척 기뻐했다.

파블로와 라비나는 고아원에 빠르게 녹아들었다.

파블로는 인자한 할아버지처럼 아이들을 잘 보살펴 주었고 라비나는 같은 고아라는 동질감 탓에 아이들에게 금세 마음을 열고 친누나 같은 존재가 되었다.

반면 카르얀의 머릿속은 복잡했다.

파블로와 라비나의 문제는 이제 받아들이기로 결정했으니, 뇌리에서 지웠다.

새로운 문제는 자신의 신분에 관한 것이었다.

여전히 거짓말 같지만, 어머니는 아무래도 황제의 총애를 받던 마지막 부인이었나 보다.

황제는 어머니를 무척 총애한 탓에 황후의 아들이 아닌, 어머니의 자식에게 황제 자리를 넘겨주겠다는 뜻을 비쳤고 그것이 황후의 분노를 샀다. 결국 황후의 독에 중독당한 황제는 십여 년 전, 식물인간이 되었다.

그 음모를 우연히 눈치챈 어머니는 당시 황실 마법사였던 파블로에게 상담을 했던 모양이다. 그 뒤, 파블로는 어머니에게 텔레포트 스크롤을 주어 위급할 시 대피하도록 하고 음모를 더 깊이 파헤치다 초죽음이 되어 겨우 황궁을 탈출했다고 한다.

'그래서 엄마가 날 가졌을 때 여기저기 뛰어다니고 부딪치고 했구나.'

이제야 의문이 풀린다.

'야망이란 참 무섭네.'

결국 황태자를 황제의 자리에 앉히기 위해 벌인 일이었는데, 유감스럽게도 황제는 식물 인간이 되어 계속 버티고 있었다.

게다가 제국 각지의 공후작들이 세력을 일으키면서, 오히려 황태자의 입지는 전보다 더욱 줄어들었다고 한다.

결과론적으로 황후는 악수를 둔 셈이다.

"…베네딕트 공작은 황제가 어머니에게 선물로 준 이 펜던트를 알아본 거야. 이거, 위험하겠는데."

지금은 확실한 물증이 없어 움직이지 않고 있는 듯하나, 언제 손을 쓸지 알 수 없는 노릇이다.

카르얀은 먼저 대비를 하기로 했다.

"다른 곳으로 떠나려 들면, 이상을 눈치채고 곧바로 공격해 올지도 모른다. 최대한 평소처럼 지내면서… 방어 태세를 갖추어야겠군."

고아원의 아이들은 전보다 두 배로 바빠졌다.

카르얀은 용병 일을 꾸준히 하면서 수련 시간도 균일하게 유지했다.

용병이 된지 1년이 지나가는 시점부터 실전검의 묘리가 본격적으로 흡수되기 시작하면서, 카르얀의 성취는 눈부시게 발전해 갔다.

아이들도 열심히 최선을 다했다. 공사 업계에 일을 잘하기로 소문이 나, 고용하려는 곳이 많이 늘었고 덕분에 몸값들도 상당히 올랐다.

무공 면에서도 성장을 했고 훈트의 집념이 실린 연합 공격술은 카르얀조차 놀랄 만큼 예리하게 갈고 닦였다.

어느덧 파블로와 라비나가 온지도 3년이 흘렀다.

카르얀은 15세의 소년이 되었다.

그는 오늘도 공터에서 검을 휘두르고 있었다.

파아앗!

검에서 솟구친 검기가 허공에서 붉게 빛났다.

카르얀은 숨을 들이켜고 한 순간에 검을 뻗어 냈다.

콰쾅!

검은 바위를 찔렀다.

바위는 폭발음을 내더니, 산산조각이 나 사방으로 비산했다.

카르얀은 부서진 바위를 세밀하게 살피고는 고개를 끄덕였다.

"광살포 1단계 완성인가?"

강기를 날리는 경지는 아직 멀었지만, 이제 검기로 찌르기는 능숙하게 펼칠 수 있었다.

짝짝짝.

누군가 박수를 쳤다.

카르얀은 뒤를 돌아보았다.

부쩍 성숙해진 라비나가 화사한 미소를 짓고 서 있었다. 최근 가슴도 봉긋해지고 키도 늘씬해지며 제법 여인의 분위기를 갖추게 된 그녀였다.

"열다섯에 오러 나이트라니, 놀랍네요."

카르얀은 대수롭지 않게 대꾸했다.

"너도 열다섯에 3서클이잖아."

"마법사들은 그런 경우가 종종 있어요."

라비나는 수건을 건넸다.

땀을 닦은 카르얀은 자신의 배를 쓰다듬었다.

"점심때지? 가자."

요리를 마치고 카르얀을 데리러 온 그녀였다. 카르얀과 라비나는 식당으로 향했다.

식당은 미리 온 랑스와 훈트 들에게 점령당한 상태였다.

"와아! 고기다!"

"마음껏 해치워 주겠어!"

그들은 포크를 날카롭게 세우고 식판 위의 고기들을 맹렬히 사냥했다.

"고기 요리네. 아참, 맞다. 그리고 보니 오늘이 그날이었지?"

카르얀은 깜빡 잊었다는 듯이 무릎을 쳤다.

라비나가 빙긋 웃으며 말했다.

"네, 먹고 힘을 내야죠."

올해 열다섯이 된 아이들은 경쟁적으로 음식을 입에 집어넣고 있었다.

아이들이 식사를 마치자, 카르얀은 그들을 불러 모았다.

"드디어 오늘이다. 준비는 됐나?"

훈트가 가슴을 탕탕 두드리며 외쳤다.

"당연하지! 이 훈트는 오늘만 기다렸다고!"

"나도 OK! 훈트 따위보다 높은 용병패를 꼭 발급 받겠어!"

랑스도 자신만만했다.

"그럭저럭."

평소처럼 무심한 말투였으나 판도 여유가 있었다.

카르얀은 아이들을 둘러보며 말했다.

"3년 동안 고생 많았다. 이제 그 결실을 맺으러 가 볼까?"

"와아아!"

아이들은 함성을 질렀다. 동생들의 배웅을 받으며 그들은 고아원을 떠났다.

카르얀과 라비나는 맨 앞에서 그들을 이끌었다.

번화가를 지나 슬럼가로 들어섰다.

카르얀으로서는 요 3년 동안 지겹도록 다닌 길이다.

아이들은 슬럼가의 모습을 보고 어린 시절의 기억이 떠올랐는지 인신매매단에 관한 잡담을 떠들어 댔다.

"다 왔다!"

카르얀은 용병 길드 앞에서 멈춰 섰다.

끼이익.

문을 열고 들어가니 미리 연락을 받은 덴이 기다리고 있었다.

"하하, 용병 지망생들이 이토록 많이 찾아온 것은 베네딕트 용병 길드 역사상 최초입니다!"

덴은 신이 나 보였다.

오늘은 구경꾼들도 많이 와 있었다.

"휘이익! 카르얀과 라비나가 아빠 엄마인 거야?"

"자식들이 많군! 어디 두 천재 소년 소녀의 자식들 실력 좀 보자!"

이례적으로 하크도 나와 지켜보고 있었다.

덴은 한명씩 차례대로 신상을 적고 전부 길드 뒤편 공터로 데리고 나갔다.

카르얀과 라비나도 따라갔다.

"오늘은 축제로군요! 한 명씩 저를 상대로 실력을 펼쳐 보이시기 바랍니다."

덴은 몰랐다. 축제가 아니라, 악몽이 시작되는 하루일 거라고는.

먼저 훈트가 나섰다.

"제 이름은 훈트고요. 패검을 구사합니다. 잘 부탁드리겠습니다!"

우렁찬 목소리로 인사를 한 훈트는 연습용 목검을 붕붕 휘둘러 보고는 자세를 잡았다.

덴은 어린 소년답지 않은 큰 덩치에 일순 주눅이 들었으나, 상대의 나이를 상기하고 여유를 유지했다.

그런데 그때, 훈트의 검이 빠르게 덴의 머리를 노리고 날아들었다.

'아니, 이렇게 빠를 수가!'

덩치에 걸맞지 않은 속도였다.

패검을 구사한다더니, 기만책이었는가 보다.

심기가 뛰어나다고 멋대로 생각해 버리는 덴이었다.

부웅!

덴은 허리를 뒤로 젖혀 가까스로 공격을 피해 내고 바로 반격에 들어갔다.

하압!

덴의 목검이 훈트의 큰 몸통을 찔러 들어갔다.

"후읍!"

훈트는 놀랍게도 팔로 목검을 쳐내고 몸통 박치기를 시도했다.

목검을 팔로 쳐내는 방식을 덴은 어디서 많이 본 것 같다고 생각했다.

'어? 하크의 방식이잖아?'

길드 마스터 하크가 대련 때 자주 사용하는 방어법이었다. 목검 대련임을 철저히 이용하는 수법이다.

'카르얀 님이 가르쳤군!'

덴은 날아드는 검을 막고 훈트의 빈틈을 노리려 했다.

그런데 그 때 놀랍게도 검이 부러지고 말았다.

빠각!

엄청난 괴력으로 목검을 통째로 박살 내 버린 훈트는 덴의 얼굴 앞에 검을 멈추었다.

정적이 흘렀다.

덴은 오러 유저 상급의 강자.

쉽게 패배할 인물이 아니었다.

넋이 나간 덴을 두고 훈트는 신난 걸음걸이로 돌아왔다.

"잘했다."

카르얀에게 칭찬을 받은 훈트는 입을 귀까지 걸고 웃었다.

"…홀, 훌륭하군요. 다음 나오시지요."

다음 차례는 랑스였다.

덴은 이미 얼굴이 시뻘겋게 붉어져 있었다.

아무리 테스트 대련이라도 열다섯 살 아이게 진 사실이 창피했기 때문이었다.

그러나 아직 창피해하기에는 일렀다.

휙! 휙! 휘휘휙!

랑스의 검은 훈트의 검과 완전히 달랐다.

물 흐르듯이 부드럽고 시계의 톱니바퀴처럼 정교했다.

덴은 자칫 잘못하면 또 다시 낭패를 볼 수 있다는 점을 자각했다.

강하다.

랑스의 검은 왼쪽을 노리는가 싶으면 오른쪽을 찔러 오고, 오른쪽을 방어하려 하면 머리 위에서 내리쳐 왔다.

카르얀과 가장 많이 닮아 있는 검술이라고 덴은 생각했다.

"아쵸! 아쵸쵸! 아쵸! 아쵸!"

괴상한 소리를 내며 랑스는 집요하게 검을 휘둘러 왔다.

탁! 타탁! 타타타탁!

목검이 어지럽게 부딪혔다.

따악!

그리고 순식간에 덴의 목검이 공중으로 솟아올랐다.

"에헴, 나도 이겼다. 훈트 네가 센 게 아니야. 이 아저씨가 약할 뿐이야."

랑스는 안 그래도 치욕스러운 덴에게 아예 매질까지 하고 갔다.

넋이 나간 용병들은 지금의 결과를 눈으로 보고도 쉽사리 받아들이지 못했다.

"이, 이럴 수가… 덴은 C+급의 용병인데……."

세 번째 주자로는 판이 나섰다.

"…이쪽으로 오십시오. 잘 부탁드리겠습니다."

덴은 정신을 똑바로 차리자고 다짐하고 상대에게 정신을

집중했다.

이번에 나오는 소년은 왜소한 체구에 기백이라고는 없는 평범한 소년이었다.

덴은 시작하자마자 동시에 신중히 방어를 준비했다.

그런데 판의 행동이 이상했다.

판은 마치 시작 소리를 못 들은 사람처럼, 다른 곳을 바라보다 천천히 덴에게로 걸어왔다. 검을 축 늘어뜨린 채 들 생각도 않아 덴은 난감했다.

"…혹시 시작 소리를 못 들으셨습니까?"

"들었어요."

"헛!"

아주 자연스럽게 그냥 걸어와 자신의 목 앞에 목검을 갖다 대는데, 아무런 반응도 할 수가 없었다.

덴은 그렇게 세 번째 패배를 당했다.

용병 길드 최고의 축제날이라고 말하던 덴은, 카르얀이 데려온 아이들에 의해 완전히 박살이 나고 있었다.

제11장

공작의 야망

베네딕트 용병계는 발칵 뒤집혔다.

B급 용병이 셋이나 탄생하고 C급 용병들이 무려 십여 명이나 나타났다. 그리고 그들 모두가 똑같은 고아원 출신이라는데 용병들은 경악을 금치 못했다.

도대체 그곳에 무슨 비밀이 숨어 있는 걸까, 그곳의 아이들은 그토록 강한 걸까.

용병들은 온갖 이야기들을 부풀려 떠들어 댔다.

카르얀이 사실은 전설에 나오는 드래곤이라는 얘기까지 나올 정도였다.

수많은 비밀을 간직한 신비의 장소 베네딕트 고아원은 오늘도 분주하게 돌아가고 있었다.

"약하다! 약해! 이제 너희는 수련생이 아니야! 진짜 목숨을 걸고 싸워야 하는 용병이란 말이다! 마음을 독하게 먹어야 해!"

카르얀은 용병 세계에 발을 들여놓은 아이들을 대상으로 직접 수련을 시켜 주고 있었다.

그런데 그 수련 방식이라는 것이 지금까지와는 완전히 달랐다.

바로 1대 1 대련.

아이들은 까마득한 하늘이었던 카르얀과 검을 나눈다는 사실만으로도 위축되어 제대로 자신의 검을 펼치지 못하고 있었다.

"내가 무섭나! 너희를 죽이는 것도 아닌데 뭐가 무섭다는 거지! 실전에서는 정말 죽을 수도 있다! 겨우 이 정도에 몸이 굳어서 어떻게 살아남겠어!"

파파팟!

상대의 목검을 날려 버리고 카르얀은 호통을 쳤다.

"형편없어! 너에게 친구들이 목숨을 맡길 수 있겠나! 다음! 나와!"

카르얀은 유독 엄하게 아이들을 몰아쳤다.

장난은 끝났다.

그들은 이제 진짜 실전에 들어가게 될 것이다.

카르얀은 단 한 명이라도 다치는 아이가 없기를 바라는

마음이었다.

파팟!

따악!

목검이 상대의 머리를 후려쳤다.

"으악!"

아이는 머리를 감싸 쥐고 주저앉았다.

"어딜 앉아! 죽고 싶으냐! 정신을 똑바로 차리라고!"

파파팟!

목숨이 오갈 수 있는 만큼, 카르얀은 수련을 할 때 일말의
사정도 봐주지 않았다.

지켜보던 훈트와 랑스, 판도 질린 얼굴이었다.

"우, 우리 차례는 마지막이지? 나 배탈 났어, 말 좀 잘해
줘."

랑스는 살금살금 화장실로 빠져나가려 했다.

훈트는 바로 찔렀다.

"카르얀! 랑스가 배탈 났대!"

"꾀병 부리면 진짜 죽는다!"

카르얀의 엄포에 랑스는 떠나려던 발걸음을 멈추었다.

"아! 신기하네. 역시 카르얀의 호통은 약발이 좋아. 이제
괜찮아. 하, 하하."

훈트를 노려보는 랑스였다.

다른 아이들의 차례가 끝나고 랑스의 순서는 금세 찾아

왔다.

랑스는 도살장에 끌려가는 소처럼, 다 죽어가는 얼굴로 카르얀의 앞에 섰다.

"그 표정은 뭐야? 하기 싫어?"

"으응, 하기 싫…다고 생각하게 만든 다음 찌르기! 아쵸!"

파앗!

과감하게 선제공격을 감행하는 랑스.

따악!

당연히 막혔다.

별로 실망스럽진 않다. 어차피 성공할 거라고 기대도 안 했다.

"미소년 랑스! 라비나 여신님이 보고 있는 앞에서 절대 쉽게 지지 않는다! 아쵸쵸쵸!"

화려한 검초를 마구 날려대는 랑스였다.

카르얀은 전의 아이들보다는 확실히 낫다고 생각하며 슬쩍 만족의 미소를 입꼬리에 매달았다.

그 순간.

"아쵸ㅇㅇㅇ!"

공격을 하면서 라비나를 힐끔 쳐다보는 랑스를 보고 카르얀은 눈을 치켜떴다.

따아악!

"으아악!!! 머, 머리에서 불난다!"

카르얀의 목검이 랑스의 머리를 강하게 빗겨 치고 지나갔다.

"싸우다가 한눈을 팔아?! 죽고 싶어 환장했나! 여자 한 번 쳐다보고 뒈질래!"

"사, 사춘기 소년의 본능이었어."

"인간으로서 생존 본능부터 키워라."

랑스의 다음은 훈트였다.

"난… 난 두렵지 않아! 으랴아아아!"

부웅!

훈트는 나오자마자 목검을 크게 휘둘렀다.

퍽퍽!

그리고 창졸지간 어깨와 옆구리에 두 대를 얻어맞았다.

"사람을 보고 휘둘러라. 막 휘두르냐?"

"으윽! 우라랴랴랴!"

부우웅!

이번에는 보다 정확한 베기가 들어왔다.

곧장 수정하는 모습에 카르얀은 고개를 끄덕였다.

"하아압!"

부우웅!

훈트의 공격은 패도적인 힘을 머금고 있었다. 웬만한 나무들은 부러뜨릴 수도 있을 만큼 강력한 힘이었다.

그러나 역시 문제는 세밀함.

랑스와 훈트의 장점을 합쳐 놓는다면 정말 완벽할 텐데하고 카르얀은 생각했다.

훈트는 나름대로 목표물을 보고 내리치려 애쓰고 있었지만, 아직은 힘이 통제가 안 되는 느낌이었다.

"사람 똑바로 보고! 자세 흐트러뜨리지 말고!"

따악! 따악!

또 다시 두 대를 얻어맞았다.

그런 상황은 계속 이어졌다.

랑스는 자신은 한 대만 맞고 끝나서 다행이라고 안도의 한숨을 쉬었다.

훈트는 계속 맞고 있었다.

따닥!

"으억!

따악!

"컥! 대, 대장 왜 나만 이렇게 많이 때려!"

"네 빈틈이 제일 많으니까 그렇지!"

딱딱딱!

실컷 얻어맞고서야 판과 교체되었다.

판은 어쌔신 같은 부류였다.

이런 일대일 대결에서는 가장 취약하다.

파파팟!

그래서 판은 자신의 장기인 신법을 살려 도망다니다 역습

하는 쪽을 택했다.

휘익!

하나 카르얀은 유령처럼 따라붙었다.

"신법 대결인가? 좋지! 한 번 도망쳐 보라고!"

"…윽."

파아앗!

판은 빨랐다.

안타깝게도 카르얀이 더 빨랐기에 빛을 못 보고 있을 뿐이었다.

스팟!

도망 다니는 것만으론 안 되겠다고 느꼈는지, 전혀 예기치 못한 순간에 판은 검을 뻗어 왔다.

상대의 허를 찌르는 이 감각은 훈련으로 익힌 것이 아니라, 판의 타고난 재능이었다.

따악!

카르얀의 검은 판의 공격을 절묘하게 피해 들어가 정확히 판의 머리를 때렸다.

"타이밍 좋았다. 그렇지만 너, 이 재능에 의지해서 검술 수련 게을리 했지?"

"아, 아니야."

"맞잖아, 셋 중에 네 수련 시간이 제일 적다는 거 모를 거 같냐! 더 노력해! 기습이 통하지 않는 상대를 만나면, 셋 중

네가 제일 먼저 죽을 테니까!"

파앗!

카르얀의 목검이 판의 목 앞을 베고 지나갔다.

닿지도 않았는데 검풍으로 인해 목이 베이는 듯한 착각이 드는 판이었다.

등골이 서늘했다.

카르얀의 말대로 수련을 더 열심히 해야겠다는 경각심이 생겼다.

카르얀은 아이들을 한 차례씩 전부 굴려 주고 그들의 앞에 섰다.

"힘드냐?"

"응!"

"죽는 거랑 힘든 거랑 뭐가 나을까?"

"힘, 힘든 거."

"그치? 그러니까 계속 힘들게 수련하자. 알았지?"

"으응!"

아이들은 카르얀이 자신을 위하기에 엄하게 가르친다는 것을 알고 있었다. 자신들이 부족했던 점을 돌아보고 각자 보완할 부분들을 고민하며 오늘의 수련을 마쳤다.

카르얀은 아이들에게 명상을 하라고 지시하고 이제 자신의 개인 수련을 하러 떠났다.

2년 전, 실전검의 묘리를 바탕으로 6성의 경지에 오르고 불과 며칠 전에 7성의 성취를 이뤄낸 카르얀이었다.

파블로는 그야말로 검의 신이라며 추켜세웠지만, 카르얀에게는 6성이든 7성이든 여전히 미완의 무공일 뿐이었다. 오직 12성만이 그의 목표였다.

카르얀은 공터에 가부좌를 틀고 앉아 공력을 운기하며, 자신의 내부를 관조하는 수련을 시작했다.

내공의 운용에 대한 이해를 높이는 정신적인 수련이었다.

아이들을 강하게 만드는데 그치지 않고 카르얀은 스스로도 강해지기 위해 오늘도 부단히 노력하고 있었다.

아이린 A 베네딕트는 창가에 앉아 책을 읽고 있었다. 그녀가 어린 시절부터 즐겨 읽던 로맨스 소설이었다.

선선한 바람을 맞으며 책장을 넘기던 그녀는 문득 손을 멈추고 고개를 들어 창밖의 하늘을 바라보았다.

푸르렀다.

구름 한 점 없는 날씨는 아이린의 마음조차도 개운하게 만들어 주는 듯했다.

"…잘 지내고 있을까."

아이린은 옆의 시녀들조차 듣지 못할 만큼 작은 목소리로 중얼거렸다.

하늘 위로 카르얀의 얼굴이 떠올랐다.

벌써 3년이 지났다.

그간 베네딕트 고아원의 소식은 전혀 듣지 못했다.

헤어질 때의 당부대로 관심을 갖지 않으려 노력한 이유도 있었고 아버지의 입김으로 외부의 소식들이 잘 들려오지 않게 된 탓도 있었다.

궁금했다.

충분히 강해지면 데리러 오겠다고 했는데… 데리러 오더라도 어떻게 해야 할지 모르겠다.

다 버리고 따라가는 것만이 옳은 걸까.

그건 너무 이기적인 게 아닐까.

생각들이 많아지고 머릿속이 복잡해졌다.

그녀는 그것을 어른이 되어가는 과정이라고 느꼈다.

현실과 이상은 엄연히 다르다.

이제는 그녀도 그것을 안다.

하나, 그런 모든 말들을 다 떠나… 한 번이라도 좋으니 보고 싶었다.

언제라도 좋다. 10년 뒤라도 좋고 자신이 결혼을 하고 아이의 엄마가 되어서라도… 친구로서도 좋으니 단 한 번, 우연이라도 만나보고 싶었다.

똑똑.

누군가 그녀의 방문을 두들겼다.

시녀들은 얼른 나가 물었다.

"누구십니까?"

"나다."

문밖에서는 중년 남자의 굵은 목소리가 들려왔다.

시녀들은 문을 열고 급히 몸을 낮추었다.

안으로 에녹 K 베네딕트 공작이 들어왔다.

아이린도 책을 덮고 자리에서 일어났다.

"독서 중이었느냐."

"네."

"식사는 했고?"

"…네."

부녀간의 짧은 대화가 오갔다.

예전에는 이렇지 않았다.

무뚝뚝한 공작도 딸에게만큼은 다정한 아빠였고 아이린 도 곧잘 아빠에게 정감 어린 말을 던지곤 했다.

그런데 3년 전 베네딕트 고아원 사건 이후 부녀 사이는 멀어지고 말았다.

이제는 문안 인사도 하지 않고 만나더라도 짧은 단답식의 대화만 나누는 사이가 되었다.

공작은 그때의 선택을 유감스럽게 생각했지만, 후회하지 는 않았다.

잘해 주다가 비겁하게 뒤통수를 치는, 그런 치졸한 짓은 차마 하고 싶지 않았으니까.

"…그래, 쉬거라."

"네."

다시 웃음을 잃어버린 딸을 보는 일은 괴로웠다.

야망을 위해 열심히 달려 왔는데, 훗날 그 꿈이 산산조각 나면 자신의 곁에는 누가 남아 있어 줄까 하는 생각이 근래 들어 든다.

가족뿐일 텐데, 아내는 이미 죽었고…….

딸아이와는 멀다. 하나 있는 아들 녀석은 자신을 두려워해 살가운 말 한마디 붙이지 않는다.

오랜만에 딸아이의 얼굴을 보고 나온 공작은 한숨을 내쉬었다.

속이 메스껍다.

"…내가 야망을 품은 것인지. 야망이 내 몸을 차지하고 날 이용하는지. 도통 모를 일이로다. 이 집에… 가족이란 존재하지 않는구나."

자신으로 인해 벌어진 일들이니 탓할 사람도 없다.

공작은 집무실로 돌아갔다.

복도를 걷는 내내 3년 전의 그 아이가 떠올라 머릿속을 괴롭혔다.

딸아이가 유일한 이해자라고 말하던 그 아이.

그 펜던트만 보지 않았더라면, 자식들과 사이가 멀어질

일도 없었을 테고 양심이 이리 아플 일도 없었을 것을.

그 펜던트가 화근이었다.

황실에서 들은… 푸른 펜던트에 관한 그 소문.

그 소문이 자신의 눈과 귀를 멀게 만들었다.

집무실로 들어간 공작은 자신을 기다리는 산더미 같은 서류들을 발견하고 두통이 심해지는 느낌을 받았다.

앉아서 하나씩 꼼꼼히 살펴보고 사인을 하고 있는데, 밖에서 낯익은 음성이 들려왔다.

"공작님, 저녁 메뉴 문제로 드릴 말씀이 있습니다."

공작의 눈에 빛이 번뜩였다.

"들어오게."

문을 열고 들어온 이는 공작의 쉐도우 나이트, 암흑기사 단장이었다.

"뭔가."

단장은 표정 변화 없이 한걸음 다가와 집무실 책상 위에 메모지 한 장을 올려놓았다.

공작은 메모지를 집어 들었다.

순간, 공작의 눈이 커졌다.

메모지에는 3년 전에 명령한 일에 대한 보고가 적혀 있었다.

카르얀의 어머니 엘레나, 다이앤 황비의 어린 시절 이름과 일치 푸른 펜던트의 문양, 황제 폐하가 선물한 펜던트의 문양과 일치.

황제의 명령으로 펜던트를 만들어 바친 케니스 B. 말로 마법대공, 사라진 옥새의 관리를 담당하고 있었음.

공작은 메모지를 구겼다.

흥분으로 인해 손이 떨려 왔다.

3년의 기다림이 아깝지 않은 정보다.

'…소문이 돌았었지. 황제가 다이앤 황비를 총애해 그녀의 자식을 차기 황제로 밀기 위해… 그녀에게 옥새를 넘겨주었다고… 그럼 선물로 준 이 펜던트에 황실 마법사 케니스가 수를 썼을 가능성이 농후하다.'

3년.

길었다.

긴 시간이었다.

"훌륭히 해냈군. 내게 완벽한 확신을 가져다주었어."

"감사합니다."

옥새가 있다.

자신의 영지에, 바르시안 제국의 황제임을 상징하는 옥새가 있다.

공작의 뇌리에 가족에 대한 상념들은 깨끗하게 지워졌다. 그 빈자리를 야망의 불꽃이 가득 채웠다.

공작은 진정할 수가 없었다.

"내가 제국의 주인이 될 수도 있다는 말이렷다. 이 거대 바르시안 제국의 주인이……."

"미리 축하드리겠습니다. 공작님."

"후후, 너무 일러. 먼저, 옥새를 손에 넣는 일이 우선이지."

"하명하십시오."

"그 아이는 여전히 그곳에 있다고 했지?"

"네, 용병 일을 하며 그대로 고아원에 머물고 있습니다."

"용병이라. 배짱이 좋군."

"제법 뛰어난 실력으로 인정받고 있다고 합니다."

"재능이 특출났던 게 기억나는군. 하나… 그래 봤자 어린 아이이다. 단장."

"네."

말을 내뱉기 전, 순간적으로 딸아이의 얼굴이 공작의 머릿속을 스쳤다. 그러나 공작은 황제라는 달콤한 자리의 유혹을 이겨내지 못했다.

"오늘 밤, 암흑기사단 전원을 데리고 가 베네딕트 고아원을 세상에서 지워 버리게. 단 한 명의 생존자도… 남겨 두어서는 안 돼."

"알겠습니다. 맡겨만 주십시오."

제12장

암습

맑은 하늘은 사람을 기분 좋게 만든다.

카르얀도 창공을 올려다보며 깊게 숨을 들이켜고 있었다.

"후! 하! 오늘은 유독 청명한데? 좋은 일이라도 생기려나?"

아침 일찍 일어나 씻고 식사를 했다.

오늘따라 간이 더 잘 배었다며 라비나가 자신한 터라 기대를 했는데, 기대 이상으로 훌륭한 맛이었다.

카르얀과 아이들은 음식을 바로 삼키지 않고 천천히 씹으며 맛을 음미했다.

"훈트의 요리를 다시 먹어야 한다면, 아마 그냥 굶어 죽고 말 거야."

랑스는 모든 아이들의 심정을 대변해 주었다. 훈트조차도 이번에는 화를 내지 않고 묵묵히 고개를 끄덕이며 동의했다.

"…이제 라비나가 없는 고아원은 상상할 수조차 없어 우적우적."

라비나는 그런 아이들을 바라보며 배시시 웃었다.

몇몇 아이들이 그녀의 미소를 보고 얼굴을 붉혔다.

라비나는 이제 고아원의 히로인이었다. 옛날의 아이린을 대신하는 느낌이다.

아이린과 달리, 그녀는 자신들과 같은 고아고 떠날 일도 없으니 더 좋다.

"밥 맛있게 먹었으니 오늘 하루도 힘내 볼까!"

"오우! 지겨운 하루를 최선을 다해 반복해 보자고!"

랑스와 훈트는 당차게 일어나 식판을 정리하고 공사장으로 떠날 아이들을 불러 모았다.

그런 그들을 흐뭇하게 바라보다 카르얀은 식당을 나갔다.

"오늘은 어떤 의뢰가 들어와 있으려나."

용병 길드로 향한 카르얀은 오늘도 변함없이 적당한 의뢰들을 골라 성 밖으로 나갔다.

서쪽 마을 근처의 난폭한 멧돼지 사냥을 해치우고, 간 김에 그 마을로 가는 우편배달까지 클리어한 카르얀은 다시 성으로 돌아왔다.

오늘은 의뢰가 많지 않았다.

자신의 수준에 맞는 A급의 의뢰는 항상 씨가 말라 있었고, B급 의뢰들도 두세 개 말고나니 없었다.

"화창한 날에 보수는 별로로구나! 에이!"

카르얀은 아쉬워하며 고아원으로 퇴근했다.

밥을 먹지 않고 다녀 배가 고팠으나, 시간대가 하필 점심과 저녁의 중간인지라 라비나를 귀찮게 하지 않기 위해 그냥 저녁을 기다리기로 했다. 라비나도 최근 3서클을 숙련시키느라 바빴으니까.

카르얀은 식당에서 간단히 주먹밥 하나를 들고 공터로 갔다.

어제 아침 길드로 출근하는 길에 구입한 새 검을 이리저리 훑어보며 카르얀은 감각을 손에 익혔다.

카르얀은 검을 꽤 자주 갈아치우는 편이었다.

덴의 우려대로 검이 약해서가 아니고 광살포를 연습한답시고 검을 땅바닥에 여러 번 쑤셔 박았기 때문이었다. 이런저런 실험들을 거치다가 검은 부러지거나 이가 나가기 일쑤였다.

그러나 아깝게 검만 버린 것은 물론 아니다.

결국 완성하지 않았는가, 아직 초기 단계이긴 하지만 말이다.

웬만한 기사 하나쯤은 일격에 골로 보낼 수 있는 파괴적인 기술이었다.

카르얀은 실전에서 광살포가 어떤 모습일지 궁금하긴 했으나, 이걸 쓸 일이 생기지 않는 게 가장 좋다는 것 또한 잘 알고 있었다.

"최근 광살포 연습에만 몰두하느라 내 진신절기를 소홀히 했어. 오늘은 참마혈뢰검을 갈고닦아야겠군. 왠지… 오늘은 그래야 할 거 같단 말이지."

이상한 노릇이었다.

개인 수련을 하러 오는 즉시, 신나게 광살포만 마구 갈겨 대는 카르얀이었는데 오늘따라 참마혈뢰검이 그를 불렀다.

카르얀은 검을 꺼내 들고 두 다리를 벌리고 섰다.

내력을 응축시키자 검이 가볍게 울음소리를 냈다.

우우웅.

검신을 타고 붉은 검기가 맺히기 시작했다.

"아, 진짜. 이걸 언제 강기로 만들고… 또 언제 벼락으로 만드냐. 멀다, 멀어."

우선은 검기에 만족해야 한다.

전생의 경지를 떠올리면 욕심은 한도 끝도 없이 생기는 법.

카르얀은 검날을 위아래로 전부 덧씌운 오러를 바라보다, 자연스럽게 몸을 풀었다.

그리고 발을 놀렸다.

파앗!

천류무흔보도 예년의 경지가 아니었다.

경비대 본부에 쳐들어가 대원들의 어깨를 밟고 다니는
등, 신법이라기보다는 기예에 가까운 몸놀림을 펼치던 게 엊
그제 같은데 이제는 중원 무림에 가서도 고수 소리를 들을
정도로 발전했다.

휘이잉!

카르얀의 몸은 공터에 소용돌이를 만들어내며 쉴 새 없이
움직였다.

파아앗!

그러다 갑자스럽게 소매를 흔들며 검을 휘둘렀다.

붉은 기운이 카르얀의 주변으로 수많은 선들을 그려 냈
다.

아름다움과 섬뜩함이 동시에 느껴지는 광경이었다.

카르얀의 검은 춤을 추듯 허공을 베어 나갔다.

파파팟!

참마혈뢰검의 초식들이 그의 손에서 펼쳐질 때마다 공터
는 커다란 울림을 맞이하며 거세게 뒤흔들렸다.

오랜만에 펼쳐보는 참마혈뢰검의 초식들은 위력은 여전
했으나, 정밀함이 전보다 떨어져 있었다. 검이 손에 익지 않
은 것도 한 가지 이유이리라.

카르얀은 최대한 감각을 살리는데 주력했다.

파앗!

콰앙!

광살포 수련용으로 일부러 심어 둔 바위 하나가 참마혈뢰검의 붉은 검기를 이기지 못하고 폭발했다.

카르얀은 몸을 가볍게 움직여 사방으로 퍼지는 바위 조각들을 전광석화 같은 동작으로 쳐냈다.

파파팟!

여러 개의 돌조각들을 내리치는데 성공했지만, 예전보다 그 수가 적었다.

"광살포 수련은 막바지에 잠깐만 하도록 하고. 오늘은 계속 참마혈뢰검이다!"

바위를 부수고 튕겨져 나가는 모든 돌조각들을 내리칠 수 있을 때까지 수련할 작정이었다.

카르얀은 당초 계획과 달리 또 저녁 식사를 거르고 수련에 매진했다.

무아지경에 빠진 탓이었다.

결국 그대로 두었으면 또 자정 무렵까지 미친 듯이 달렸을 카르얀을 우려하여 라비나가 직접 식사를 싸 들고 공터로 찾아왔다.

"카르얀 님!"

"…응? 라비나?"

카르얀은 자신이 만들어 낸 작은 회오리바람 속에서 서서히 기세를 갈무리했다.

바람이 잦아들고 공터에 적막감이 찾아들었다.

카르얀은 라비나를 보고 물었다.

"웬일이야? 그 밥은 뭐고? 아직 저녁 식사 시간 안 됐잖아."

라비나는 역시나 하고 볼을 부풀렸다.

"한참 지났거든요?"

"…뭐? 정말? 너 자꾸 장난치면 혼난다."

"하늘 보세요."

카르얀은 그녀가 가리키는 대로 고개를 들었다.

"어?"

아까까지 푸르기만 하던 하늘은 어디론가 사라지고 칠흑 같은 밤하늘 아래 별들이 자태를 뽐내는 중이었다.

"와우, 시간의 마법! 난 시간을 건너뛰는 비법을 체득한 게 틀림없어."

"식사나 하세요."

라비나는 공터 가장자리의 풀밭에 앉아 가져온 식기들을 내려놓았다.

그 장면을 가만히 바라보던 카르얀은 불쑥 말했다.

"꼭 결혼한 아내 같다. 남편이 일한다고 새참 챙겨다 주는 아내."

"…네?"

라비나의 연보라 빛 아름다운 머리카락이 가볍게 흔들렸다. 그녀는 고개를 푹 숙이고 빠른 손놀림으로 자리를 정리했다.

"…앉으세요."

"응, 그런데 말이야."

카르얀은 그녀가 마련해 준 자리에 앉으며 입을 열었다.

"너 계속 존댓말 쓸 거야? 3년이나 됐잖아. 처음 만났을 때는 반말하더니… 어떻게 거꾸로 가냐? 보통은 처음에 존댓말 쓰다 친해지면 말 놓는 거잖아."

"안 돼요. 예전에 반말 쓴 걸 잊어 주세요."

"뭐야, 랑스나 훈트, 판하고는 말 편하게 하면서. 네가 내종도 아니고. 가만… 너 설마 아직도 속으로 주군놀이 하고 있는 거냐?"

"……."

"…그랬군."

"놀이는 아닌데요."

"나한텐 질 나쁜 놀이야. 사람 놀리는 것도 아니고. 그런 거 신경 쓰지 말라고. 파블로 할배도 이제 말 막하잖아. 근데 너 혼자 왜 그러고 있어. 안 갑갑해?"

"갑갑하지만."

"말 놔 그냥! 3년 썼으면 오래 썼어!"

"……."

"내가 싫은가 보군."

"…아니, 그런 거 아니야."

카르얀은 빙긋 미소를 지었다.

"그래, 말 편하게 하니까 서로 좋잖아."

"으응……."

어색해하던 라비나도 웃음을 머금었다.

"웃으니까 예쁘네."

"…고마워."

라비나의 얼굴이 발그레해졌다.

"항상 밥 챙겨 줘서 나야말로 고맙다. 처음에는 너랑 파블로 할배 정말 싫었는데. 지금은 또 정이 드네. 역시 정이 제일 무서운 거야."

"……."

카르얀은 열심히 밥을 먹었고 라비나는 그런 카르얀의 옆모습을 잠깐씩 바라보며 그의 식사가 끝나기를 기다렸다.

"자! 다 먹었으니 또 수련을 해 볼까!"

"응, 열심히 해. 그리고… 다른 애들 있을 때는 존댓말 쓸 거야."

"…고집이 있군."

"스승님께 혼날 테니까."

"알았어, 그 정도야 뭐. 이제 어디 갈 거야? 알람 마법 점검하러 가나?"

"웅, 스승님하고 한 바퀴 돌아야지."

라비나는 떠났다. 카르얀은 그런 그녀의 뒷모습을 든든한 눈길로 바라보았다.

요 3년, 고아원은 거의 요새화 되어 가고 있었다.

곳곳에 알람 마법진을 설치했고 함정 스크롤들을 파묻어 두었다. 누구든 아무 생각 없이 무심코 숨어들었다가 아주 화들짝 놀라 달아나게 될 것이다.

물론 뚫고 들어온다면, 아이들의 무공을 견식할 기회를 얻게 될 테고.

아이들의 무공은 일반 병사들에 비해 무척 훌륭하나 기사들과 싸워 우세를 점할 정도는 아니었다.

하나 그들에게는 노튼에게 배운 연합 공격술이 있었다.

조를 이뤄 행하는 합공은 카르얀이 약간씩 손을 보면서 더욱 치명적으로 변모했다. 기사고 뭐고 간에 삼백 명의 아이들이 펼치는 연합 공격술 안에 갇히면, 그날로 하늘 구경 가는 거다.

그리고 아이들이 위기에 처할 때는 자신과 파블로 할아범이 도와주면 된다.

"…베네딕트 공작. 3년 동안 조용히 있어 줘서 정말 고마워. 앞으로도 죽 건드리지 말아 다오. 난 이 아이들이 원한

이란 감정을 배우는 게 싫거든."

이대로 자신들의 고향인 이 고아원에서 수련과 일을 반복하며 지루하고 쳇바퀴 같은 일상을 살아가는 게 소소한 행복이다.

자신은 싸움터의 한가운데 놓여도 상관없지만, 아이들 중에는 겨우 네다섯 살밖에 안 된 녀석들도 많다.

그런 아이들까지 싸움터로 끌고 가고픈 마음은 없었다.

그러나… 베네딕트가 비인간적인 결정을 내린다면, 그 아이들도 어쩔 수 없이 피가 튀는 전쟁터에 내던져지게 된다.

"베네딕트… 아이린의 아버지. 이곳의 아이들도 당신 자식들과 똑같은 생명이라는 걸, 기억해라."

❖

밤이 깊었다.

파블로는 오늘따라 잠이 안 와 뒤척이는 중이었다.

"늙으면 이상한 감이 생긴다는데… 오늘은 기분이 뒤숭숭하군."

몸을 일으킨 파블로는 불을 켜고 마법서를 한 권 꺼내 들었다.

최근 연구하고 있는 '사랑에 빠지는 마법'이었다.

이걸 연구해서 카르얀과 라비나에게 한 번 써 볼까 하고 장난삼아 생각하고 있었다. 물론 해제 마법도 만든 뒤에 말이다.

"카르얀은 최근 부쩍 강해져서 내 마법이 안 통할지도 모르겠군. 완전히 괴물이야. 그 녀석은 열다섯에 오러 나이트라니. 미친 게지… 내가 미쳐서 환상을 보고 있는 게지."

늙으면 혼잣말이 많아진다.

파블로는 계속 혼자 이런저런 말들을 중얼거리며 자신이 쓴 마법서를 탐독했다.

"남녀 간의 사랑은… 그래, 의외성이지. 거칠어 보이는 남자가 의외로 자상한 면모를 보여줬을 때. 반대로 온화하기만 하던 남자가 의외로 남자다운 모습을 보여 줬을 때."

파블로는 고개를 끄덕였다.

"의외성을 조합해야겠어. 그리고… 동질감을 느끼게 하는 공식은 이미 끝냈고 또 뭐가 있을까… 신비감! 자꾸 알고 싶게끔 만드는… 별거 없어도 별거 있어 보이게 만드는… 그런 공식을 찾아야겠군."

중얼중얼.

가볍게 읽다 자려고 집어든 마법서였는데, 마법사로서의 직업 정신이 깨어나 본격적으로 연구일지까지 펴 들고 적어 가는 그였다.

파블로는 카르얀을 떠올렸다.

"카르얀은 강해, 내외적으로 모두 강하지. 그럼, 그 녀석이 엄마를 그리워하며 눈물 흘리는 환상을 보게끔 만들면… 소녀들이 사랑에 빠질 테고… 라비나의 경우는……."

한참 카르얀과 라비나를 샘플로 삼아 이런저런 가설들을 세우고 있는데, 파블로의 팔찌가 번쩍번쩍하고 황금색 빛을 내뿜었다.

"…으응?"

파블로는 가만히 팔찌를 내려다보다 깜짝 놀라 자리에서 몸을 벌떡 일으켰다.

"알람 마법진이 발동했군! 감히 어떤 쥐새끼들이……."

파블로는 문을 열고 뛰쳐나가 곧장 카르얀의 방으로 향했다.

"카르……."

부르기도 전에 카르얀이 어둠 속에서 모습을 드러냈다.

"부르셨어요?"

카르얀은 이미 방 밖에 나와 있었다.

"아니, 어떻게? 알람 마법이 울린 걸 알았는가?"

"제가 마법사도 아닌데 알 리가 없죠."

"그런데 왜 나와 있는 건가?"

"느껴져서요. 놈들의 악의가… 아주 적나라하게."

"……."

무슨 뜻인지 파블로는 이해할 수가 없었다.

그저 카르얀이 인간 같지 않게 여겨질 뿐이었다.

"제 검술의 특성이에요."

무극파천심공.

검치 악불위가 창안한 천고의 기학.

성취가 절반을 넘어서는 순간부터 기감을 고도로 발달시키는 공전절후의 심공이었다.

단순한 기감의 발달 이상의 무언가가 있는 듯하나, 전생에 사람 사는 곳에 나가 보질 못한 탓에 정확한 능력은 미지수였다.

"…어쩔 텐가."

"늘 한결같이 말했잖아요."

카르얀은 웃으며 입을 열었다.

"건드리는 놈은 다 죽인다고."

"아이들을 깨우도록 하지."

콰아앙!

굳이 깨우러 갈 필요는 없었다.

마법 스크롤이 발동하면서 폭음과 함께 고아원 운동장 구석에 거대한 불기둥이 솟구쳐 올랐으니까.

밤하늘이 일순 환하게 밝아졌다.

아이들은 무슨 일인가 하고 다들 놀라 밖으로 달려 나왔다.

"정신 차려! 습격이다! 아홉 살 이하는 지하 대강당으로 대피! 라비나! 아이들을 보호해! 그리고 열 살 이상! 검 소지하고 사람 죽이러 간다! 각오해라!"

카르얀의 사자후가 고아원 전체를 쩌렁쩌렁하게 울렸다.

처음에는 무슨 말인가 하고 인식을 못하던 아이들은 이내 정신을 차리고 결연한 얼굴로 검을 챙겨 들었다.

"조를 나눠 모든 통로를 봉쇄한다! 뚫리는 순간! 너희들이 씻기고! 옷 입히고! 젖동냥해 먹여 살린 동생들이 죽는다! 그러니 망설이고 싶은 놈은 망설여라! 침입자 살리고 동생들 죽이고 싶은 놈은 마음대로 머뭇거려라! 그런 놈들 있나!"

"없습니다!"

"그럼 첫 살인이 어쩌고 개소리 떠들지 말고 무조건 한 놈이라도 더 죽여!"

"와아아아!!"

아이들은 훈련받은 대로 일사불란하게 조를 나눠 복도 이곳저곳으로 흩어졌다.

아이들을 보내고 카르얀은 파블로와 함께 건물 옥상으로 올라갔다.

고아원 전체의 광경이 한 눈에 들어왔다. 담벼락을 넘는 그림자들이 여럿 발견되었다.

"…베네딕트 공작이겠지?"

"그렇겠죠. 3년 걸렸네요. 결국… 야망에 지고 말았군요."

"인간적인 영주로 명망이 높았는데… 안타까운 노릇이지."

"제 친구의 아버지라 싸우고 싶지 않았어요. 진심입니다."

"그런가."

"한데… 기회를 줬는데, 걷어 차 버렸네요."

"그래도 친구의 아버지인데… 그도 죽일 건가?"

"건드리면 죽습니다. 누구라도."

"…그렇군."

단호하게 말한 카르얀은 운동장 구석의 나무 뒤에 숨어 침입해 오는 복면인들을 내려다보다 검을 뽑아 들었다.

"그럼… 공작의 끄나풀들을 먼저 처리하러 가 보겠습니다."

"다녀오게… 난 아이들의 전투를 지원해 주도록 하지. 아무도 다치지 않게끔 말이야."

"부탁드리죠."

카르얀은 파블로를 두고 옥상에서 훌쩍 뛰어내렸다.

"뭘 그리 살금살금 기어 들어오는 거냐! 버러지들아!"

복면인들은 하늘 위에서 들리는 우레와 같은 목소리에 놀라 고개를 들었다.

달빛 아래 한 소년이 검을 들고 자신들에게로 날아오고 있었다.

그들은 소년의 갑작스런 등장에 당황했으나, 곧 공격 자세를 취했다.

그렇다.

겨우 소년 하나다.

카르얀이라는 뛰어난 소년이 있다고는 들었지만, 그래 봤자 그놈도 어린아이.

이번 임무는 양심의 가책을 견디는 게 힘들 뿐 실제로 어려운 임무는 아니다.

복면인들은 검을 고쳐 쥐고 날아오는 아이를 삽시간에 도륙내기 위해 거리를 쟀다.

그때였다.

"이거나 먹어라!"

카르얀의 검이 붉은 검기를 품고 뻗어 왔다.

"오, 오러?!"

콰아앙!

검에 찔린 나무 한 그루가 흔적도 없이 파괴되어 사라졌다.

복면인들은 무언가 잘못되었다는 것을 느꼈다.

카르얀은 그들의 앞에 오연히 버티고 서서, 검을 겨누었다.

"…방금 그건 뭐냐!"

복면인 하나가 물어왔다.

카르얀은 친절히 대답해 주었다.

우우웅!

검신에 붉은 오러가 솟구쳤다.

"이거? 오러잖아. 그것도 몰라?"

복면인들은 경악을 금치 못했다.

열다섯 살짜리 아이가 오러 나이트라니! 전혀 예기치도 못했고 정보를 캐내려고도 하지 않은 사각지대에서 덫에 걸리고 만 그들이었다.

"다들 오느라 고생했어, 이제 그만 쉬자. 영원히."

카르얀은 차갑고 무덤덤한 눈빛으로 복면인들을 향해 웃어 주었다.

"오른쪽의 너부터 시작해서 마지막으로 공작이 죽을 때까지, 전쟁 개시다."

카르얀의 붉은 검은 날카롭게 회전하며 오른쪽 복면인의 머리를 부수고 지나갔다.

베네딕트 공작령을 뿌리까지 뒤흔들, 대 전투가 시작되는 순간이었다.

〈『카르얀』 제3권에서 계속〉

카르얀

1판 1쇄 찍음 2010년 11월 5일
1판 1쇄 펴냄 2010년 11월 8일

지은이 | 흑 묘
펴낸이 | 정 필
펴낸곳 | 도서출판 뿔미디어

기획 | 이주현, 한성재
편집책임 | 조주영
편집 | 장상수, 이재권, 권지영, 심재영, 주종숙, 이진선
관리, 영업 | 김미영
출력 | 예컴
본문, 표지 인쇄 | 광문인쇄소
제본 | 성보제책사

출판등록 | 2002년 9월 11일 (제1081-1-132호)
주소 | 부천시 원미구 상3동 533-3 아트프라자 503호 (우)420-861
전화 | 032)651-6513 / 팩스 032)651-6094
E-mail | BBULMEDIA@paran.com
홈페이지 | www.bbulmedia.com

값 8,000원

ISBN 978-89-6359-710-2 04810
ISBN 978-89-6359-708-9 04810 (세트)

참신하고, 끼와 재미가 넘실대는
신무협·판타지 소설을 모집합니다.

참신하고, 끼와 재미가 넘실대는 신무협 판타지 소설을 모집합니다.

많은 장르 소설 작품을 보아 오며,
"나라면 이렇게 할 텐데……."
라고 생각하며 떠올렸던 기발한 소재와 아이디어가 있다면,
마음껏 지면에 펼쳐 보시기 바랍니다.

뛰어난 문장력? 정교한 구성력?
그런 건 그다지 중요하지 않습니다.
재미와 참신함으로 중무장된 작품이라면 열렬히 대환영입니다!

소재에 제한은 없으며, 분량은 한 권(원고지 850매 내외)입니다.
작성 양식은 자유이며, 보내실 때는 꼭 파일로 작성하여 이메일로 보내 주시기 바랍니다.

다만, 호환 마마에 버금가는 미풍양속을 저해하는 단란한 내용은 사절입니다.
특히 엔터 신공은 절대불가! 최고 격리 사유입니다.

저희 도서출판 뿔미디어와 함께
즐겁고 유쾌하게 작가의 꿈을 키워 나가시기 바랍니다.
홈페이지로도 많은 참여 바랍니다.

홈페이지 오픈
www.bbulmedia.com

부천시 원미구 상3동 533-3 아트프라자 503호 (우)420-861
도서출판 뿔미디어 작품 모집 담당자 앞
전 화 : 032-651-6513　　　FAX : 032-651-6094
이메일 : bbulmedia@paran.com